NADA QUE DECIR

En septiembre de 2023, un jurado integrado por Antonio Orejudo, en calidad de presidente, Bárbara Blasco, Eva Cosculluela, Cristina Araújo, ganadora de la anterior convocatoria, y Juan Cerezo, en representación de la editorial, otorgó por mayoría a esta obra de Silvia Hidalgo el XIX Premio Tusquets Editores de Novela.

PREMIO
TUSQUETS
EDITORES DE NOVELA

SILVIA HIDALGO
NADA QUE DECIR

MAXI
TUSQUETS
EDITORES

1.ª edición en colección Andanzas: octubre de 2023
1.ª edición en colección Maxi: septiembre de 2024

El Premio Tusquets Editores de Novela ha sido patrocinado por el Fondo Antonio López Lamadrid constituido en la Fundación José Manuel Lara

Adaptación de la cubierta: Maxi Tusquets / Área Editorial Grupo Planeta

Ilustración de la cubierta: © Martín Tognola

Fotografía de la autora: © Ivan Giménez / Tusquets Editores

Diseño de la colección: FERRATERCAMPINSMORALES

ISBN: 978-84-1107-502-2
Depósito legal: B. 13.424-2024
Impresión y encuadernación: Liberdúplex, S. L.
Printed in Spain - Impreso en España

Índice

A M., que me dejó ir suavemente

La señal es débil o no hay señal.
(Samsung)

Primera parte
Señal de peligro por tránsito de ciervos

Luces de emergencia

No es más que una tarada sentada al volante mirando fijamente el móvil. Todavía es joven, pero ya es alguien que fue otra persona, al menos, una mujer. Ahora solo espera quieta a que pase algo, que la niña deje de llorar detrás, que el padre llegue a recoger a la criatura, que aparezca un mensaje en la pantalla. Algo.

Respira en rojo con las luces de emergencia clin clon clin clon. Por la ventanilla ya aparece el padre, viene a por lo que es suyo. La sonrisa como una garra que se apropia, la sonrisa que antes también era para ella en las terrazas de los bares y en las bodas. Apresurada, se baja del coche, le entrega la niña y la bolsa de ositos con lo que se le ocurrió meter dentro. Él le pregunta ¿estás bien?, ¿estás bien? Pero no escucha, se responde a sí mismo con su mirada compasiva, la abraza y le pincha todo el cuerpo. Ellos iban a ser diferentes, iban a ser felices, en cambio ahí están y se pone a llover a mares como venganza. Ella sintió el peso de las nubes, en estos meses se ha convertido en una vaca que muge nerviosa y mueve el rabo cuando se acerca la tormenta. A él le coge desprevenido, como le pasa con todo lo que ella dice, y corre, corre acobardado hasta la casa. Ella ya no sabe cómo se hace, las vacas no corren, las vacas se guarecen. La niña continúa llorando, más fuerte, para que la oiga a pesar de las paredes, del cielo negro, a pesar de los truenos. Ya no distingue la lluvia del llanto, ya no espera que deje de llorar, ahora quiere que siga, que le estropee un rato la vida al padre, al fin y al cabo es su hija, algo habrá sacado de su madre, además de los ojos tan hundidos en la cara.

Los imagina con la estufa del salón encendida, se quitarán los abrigos, él habrá hecho sopa, le habrán dado sopa. La niña ya no se acordará de ella, podría no volver nunca más y daría igual. Todavía no dice mamá ni nada que se entienda, solo dice no; su madre es no, su padre es no, y la comida y la leche es no. La niña responde que no a todo, incluso a lo que sí quiere. Ojalá contestar no o no contestar. A ella le gustaría hablar ese idioma y seguir siendo la única que puede entender a qué no se refiere exactamente.

Sigue lloviendo, espera resguardada y quieta con el clin clon clin clon; la vecina de al lado descorre los visillos para ver quién la acecha desde el coche, no debe de reconocerla y lo mismo llama a la policía. Si vinieran le pedirían papeles y le pedirían explicaciones, qué hace ahí parada, no se puede estar quieta dentro del coche de un hombre muerto, aunque sea el de su padre, con los ojos fuera de la cara clavados en una pantalla y una caja de condones en la guantera. Debería darle vergüenza, con la sillita de un bebé detrás, el olor agrio de la leche que la niña echó en las curvas y los restos de gusanitos por todos lados. Tiene que volver al agujero del que haya salido, esconderse y, si no tiene dónde, será mejor que se ponga en marcha y no se detenga donde pueda incomodar.

Ella les explicaría que en este instante no es más que una mujer esperando a que un tipo responda al mensaje que le envió hace un rato y que entonces, si contesta, está dispuesta a arrancar el motor y a conducir más de dos horas en plena noche de tormenta para ir a verlo.

Es un tipo al que ni siquiera conoce en persona todavía. Solo tiene una dirección incompleta y unas cuantas fotos. Un par son de su polla. Un tipo que casi nunca usa la h y que solo acierta a escribir alguna palabra bien. Hablan de lo que han comido, de la serie que han visto o sobre las fotos de sus cuerpos. A él le gusta contarle lo que quiere hacerle y leer lo que ella le hará. La llama bonita, le manda caritas que tiran besos y usa la palabra follar. Le pidió que fuera a verlo, pero ella ya no tenía coche, lo había perdido en el divorcio. No, en realidad no lo perdió porque no puedes perder lo que nunca ha sido tuyo. Con ese desapego se desprendió del coche, del hogar, del matrimonio y del amor. Por eso cuando se fue, solo se llevó su ropa, sus títulos y sus libros.

Esta mañana ha rebuscado en los cajones donde su madre conserva las cosas de papá. Ha cogido las llaves primero y el coche después; pensó en la palabra robar, pero ella no sabe si eso es robar, si a los padres se les roba o si a los muertos se les puede pedir prestado. Y ya sentada al volante ha tenido que arrancar el coche y recordar las palancas, sus manos y sus pies moviendo una tonelada de hierro otra vez, y aquello andando con ella dentro, aún con el olor a colilla mojada.

Todavía huele. Si aparecen policías y llaman a su madre para que corrobore la versión, la madre lo hará, porque ya lo sabe, que se llevó el coche. Se lo dijo por teléfono, aunque ahora viven juntas, o bajo el mismo techo, que no es lo mismo. Ella prefiere hablarle desde lejos, a un botón de distancia de poder apagarla, y así la llamó, poniendo voz lastimera, aunque tal vez la madre ni habría notado que faltaba el coche, pero de habérselo pedido la madre le hubiera contestado espérate que lo hablemos con tu hermano, porque no van a estar decidiendo ellas solas, una vieja y una parturienta.

Ella le dijo que lo necesitaba como madre, porque a una madre todo el mundo le echa una mano, está muy feo no ayudar a una madre con su bebé, y le ofrecen el asiento y le perdonan los céntimos que no encuentra y que se cuele para comprar el pan porque tiene prisa por volver, por darle de comer, bañarla con jabón neutro y ponerle el pijamita. Lo que no puede decirle a su madre es que el coche, el viaje en plena tormenta, la visita a este tipo y todo lo que hace es porque necesita matar a otro hombre, un hombre que ya no es de carne y hueso, un hombre que ya solo es el recuerdo de un amante que se resiste a desaparecer, un hombre que quiere extirparse sin sangrar, porque lo tiene como un tumor en todo el cuerpo. Está en las ideas y está en las palabras, y la palabra labios ahora son sus labios, y la palabra manos son sus manos y todas las palabras que alguna vez le dijo ya son sus palabras.

Y le tendría que haber explicado que tiene esa historia clavada con letras afiladas y que, como un veneno, solo podrá sacarla con otras, unas que formen un caos y un desorden que borren el rastro, porque sabe que si hay alguna opción de enterrar su nombre será junto a fotos vulgares y faltas de ortografía, cavar hondo en un desierto yermo de haches y de toda gramática. Y rezar por poder salir.

Quiere contarle a su madre, a la policía, a sus amigas, a sus jefes, también a su marido-exmarido, que necesita conducir lejos, huir de la felicidad del hogar, del calor de la oficina, de los libros y de la música, de todo intelecto; que solo ansía llegar a ese páramo donde se hable de otro modo, con otro acento, más cerrado, más tosco y encontrar un milagro, una aparición en mitad de la nada, sentirse la niña Bernadette frente a la Virgen de Lourdes, una pastorcita desprovista de entendimiento, preparada para recibir un mensaje en su cuerpo que no entienda, pero que borre esta obsesión. O desbarrancarse por el camino.

Lo civilizado

Lleva un vestido ajustado, casi se vio guapa al salir de casa. Se revisa el maquillaje en el espejo del parasol. Sigue sentada al volante esperando a que pase algo, a que llegue la policía o a que llegue el mensaje, cualquier cosa que le quite el impulso de ir hasta la casa del hombre tumor, y llamar y empujar a su mujer y decirle vengo a por tu marido, asustar a su hijo y arrastrarlo a él por los pelos. Pegar bocinazos en su puerta o, al menos, secuestrarle al perro.

Sin embargo, lo civilizado. La familia y los amigos les dicen que están siendo muy civilizados con el divorcio. Qué porquería le parece lo civilizado desde dentro de este coche. Los civilizados ya la echaron de la familia, del futuro, de la casa y del matrimonio y ahora no es más que una criatura domesticada que intenta olvidar lo teórico, lo educado y lo abstracto que tantos años gastó en aprender, en titularse. Estudió funciones y códigos, lenguajes de programación, inteligencia artificial, para qué, para llenar la habitación de diplomas con su nombre, unos amuletos de papel que contenían el enfado, que le hicieron creer que podía escapar de la cueva, del baño con las cosas de papá, de la cocina de su madre, que podía aprender a dar abrazos y besos, que podía incluso pronunciar la palabra amor.

Una cueva, la casa en la que nació y creció, pero que ya tampoco es su casa. Si alguna vez lo fue, la perdió nada más irse. A los pocos días ya no tenía un sitio donde dormir, su cama fue sustituida por un escritorio más grande, el hermano necesitaba más espacio, un lugar donde expandirse y colocar sus pertenencias, aunque a ella siempre le quedaría el sofá del salón, como a una invitada que jamás tuvieron. Nunca lo necesitó. Hasta ahora. Por suerte, su madre ha conservado la habitación del hermano a buen recaudo, porque siempre hay alguna mujer que acecha y que puede quitarle su piso, hacerse una barriga, quedarse con todo y entonces él tendría que volver. Ahora ella y la niña duermen en ese templo, una mazmorra, lo mismo da, un pequeño universo de color provenzal tras una puerta que ya no conserva el pestillo que durante años preservó la intimidad de su hermano.

La madre tampoco ha conquistado el espacio, se comporta como un ama de llaves en su propio hogar: duerme en el sofá para oír si alguien intenta abrir la puerta, lava sus cosas a mano para no usar la lavadora, escucha un transistor pegado a la oreja en lugar de poner la radio y nunca enciende el aire acondicionado o el televisor grande del salón.

El escenario de su madre siempre ha sido la cocina y, aunque lo intente, ella no puede diferenciar sus días de pequeña porque se le aparecen como una sola toma. Su madre era toda su referencia y siempre estaba ahí, entre los azulejos amarillos, fregando, hirviendo algo o viendo el pequeño televisor, nunca sentada, siempre de pie. Su madre era un personaje atascado en una misma viñeta. En sus juegos, la niña siempre era una mujer sin hijos y sin cocina. La niña no soportaba la ropa ni los peinados de las vecinas, cómo caminaban con las bolsas de la compra, que le dijeran que estaba cada día más alta; también odiaba a las madres de sus amigas cuando las veía poner todos sus sentidos en envolver perfectamente las meriendas con papel de aluminio o en doblar los calcetines haciéndolos una bolita; odiaba a su tía que también era madre y que los compadecía por vivir en un piso tan pequeño, y odiaba a su madre, a su propia madre, que solo contestaba a la tía cuando ya se había ido y ya no podía escucharla, pero sobre todo la odiaba cuando la oía reírse con algo de la televisión en la cocina, siempre a escondidas, a solas, nunca una risa delante de ella. La niña decidió que de mayor no sería madre, ni siquiera sería una mujer. Ella quería ser papá, un padre cualquiera: alto, guapo y fuerte; conducir, ir y venir todo el rato; que en casa se hiciera el silencio con el sonido de sus llaves; que dentro comprobaran que la música no estaba muy alta y que los hijos habían dejado de pelearse. Quería que todo el mundo notara cuándo había llegado y cuándo se había ido. Tener una voz grave, decir palabrotas y que, incluso estando en silencio, le tuvieran respeto, o miedo, si acaso no era lo mismo.

Pero la niña nunca asustó a nadie, se hizo mujer y después madre y de nuevo criatura, una endeble que ya no piensa, que solo tiene miedo, hambre y deseo, que ansía al hombre tumor, tenerlo dentro una vez más, siempre, que la ocupe entera, que desplace todo conocimiento, mantener si acaso lo imprescindible: las frases para sus clientes, para las reuniones, para sus jefes. Ahora todos ellos son su padre y son su marido. Su destino y bienestar les pertenece, tienen en sus manos su futuro o su ruina. Bien sabe que les debe la ropa que viste y los zapatos que gasta, les tiene que estar agradecida por la comida caliente y por las cervezas frías, rezarles por cada ansiolítico que traga e incluso honrar sus nombres en cada kilómetro de carretera por la gasolina que puede pagar para alejarse de todos ellos.

Tres cifras

Le envió un mensaje, porque es verdad que se lo envió. Lo comprueba, *check*, entregado. Qué mal, regalar así un arma arrojadiza con la que cualquier tipo sin haches puede herirle el orgullo. Si hubiera podido dormir, tomarse unas pastillas y apagarse un rato, quizás no habría tenido la necesidad de buscar follón, pero el llanto de la niña la despertó, un llanto hambriento. La vio devorar los cereales y el yogur, le contagió el ansia y ya estaba ella otra vez buscando el ángulo con mejor luz, echando los hombros para atrás, subiéndose el pijama y enviándole una foto de sus tetas,

buenos días

Él seguro ahí masticando lo que le mandó, qué rico, qué rico, una mujer sin cabeza, sin voz ni reproches. Un trozo de mujer que no le corrige nunca, que le ríe todo,

jaja

Una mujer que no se escandaliza ni le pide nada. Y él que qué ganas, y ella también, y él que si estuviera allí y le dijo que ya tenía cómo, que podía ir esa misma noche.

Puede que a él se le atragantara el ofrecimiento, tanta teta y tanta palabra es una cosa, es fantasía, pero una persona entera es otra, y que se hiciera real lo mismo no estaba en sus planes, no era parte del juego. Ella todavía no controla las normas, cada jugador tiene las suyas, parecidas, no iguales, no sabe lo que se puede decir ni lo que se puede hacer. Quiere aprender y jugar bien, ser la mejor, no quiere perder nunca más.

Cuando ya no esperaba ninguna respuesta, es decir, cuando había asumido una negativa silenciosa, recibió en su pantalla una lluvia dorada y dispersa de fonemas sin signos y con kas, que le decían que hiciera lo que le diera la gana. A ella le fascina esa falta de pudor, la ausencia de impostura o doblez; quiere vislumbrar cierta inocencia en el hecho de que diga todo el tiempo lo que quiere decir sin que le preocupe o le acompleje cómo decirlo. Por eso este mensaje le dolió más, no intentó convencerla, pero ella obvió cualquier significado más allá del literal y le contestó que si le mandaba su dirección iría tras dejar a la niña con el padre. Él le envió un punto rojo en un barrio a las afueras de una ciudad y ya no hubo más mensajes.

Esperó toda la tarde a que le dijera algo, cariñoso o sucio le daba igual, pero no lo hizo y, en lugar de mandarlo a la mierda y de insultarlo como se merecía, retorció el teclado hasta volverlo blando, un chicle con azúcar. Hizo que el mensaje saliera de ella como un globito rosa, transparente, como si nada, como si no se diera cuenta de lo que estaba pasando. Una mula atolondrada, tirando del carruaje sin aire, pero con sus caireles y madroños de colores, con el lomo raquítico, pero tacatá, tacatá, eso practica, la frescura de un rebuzno. Y, como si no supiera que a esas alturas ya se detestaban, le pidió el resto de la dirección.

Sigue al volante esperando el bip bip que no llega, pero hasta la tormenta se agota, así que se rinde, arranca y se pone en marcha de vuelta a casa.

A casa no, no sabe qué es una casa, ella vuelve a casa de la madre, a la habitación del hermano. Marido, madre y hermano creyeron que era una buena solución hasta que estuviera mejor. Mejor de qué, nunca se sintió mejor,

esto es estar bien, esto es estar de puta madre

Siempre con la sangre en la cabeza y con ganas de matar a todo el mundo. Aprendió a enfadarse y ahora entiende a los violentos que insultan desde las gradas y desde las ventanillas de sus coches, a los políticos que escupen, a los niñatos que quedan en la puerta del instituto para pegarse. También ella se enganchó a eso de la rabia y hace un tiempo que vive en una fiesta punk que no acaba nunca, donde grita y parte lo que le da la gana, su orgullo mismo, se lo saca por arriba, lo manda por mensaje como un ruego a un tipo cualquiera y le prende fuego. Nunca le sirvió de nada, lo lanza por los aires y lo ve volar ligero como una bengala por encima de todas las cabezas. No fue fácil entrar en la fiesta, siempre atando al demonio y sonriendo hasta que le salían los hoyuelos, poniéndose triste porque se daba pena. Ya no se da pena, a veces se da asco, y otras veces risa, y es mucho mejor. Ahora mismo se está dando un poco de risa y así, riéndose, atraviesa la primera avenida y así, a carcajadas, se para en tres semáforos.

En la siguiente rotonda recibe el bip bip con las últimas cifras del código, las de una dirección, una caja fuerte o un ataúd donde meterse. Y toma la tercera salida.

El hombre tumor

En el primer cruce de la autovía se le aparece el hombre tumor, aprieta su cerebro justo a la altura del desvío que la llevaría a su casa en veinte minutos. En su cabeza hay una rata blanca de hocico rosa que, cuando percibe su olor a kilómetros, comienza a chocarse con las paredes del laberinto, puestísima de coca. Ella misma es la rata y también la ingeniera que ha diseñado cada tramo y cada giro del circuito con un montón de trampas. Lo han dibujado entre los dos, pero solo se ha construido en su cabecita. Él ni ha entrado en el laberinto, tiene muchas cosas importantes que hacer, solo se ocupa del trocito de queso.

Para eso le sirvieron los estudios, las matemáticas y la generación de código, para eso su padre la entrenó con los problemas de lógica: el de las torres de Hanói, el de la parada del autobús o el del pastor y la barca. No solo para los diplomas o para ganarse la vida, las lecciones también le sirvieron para terminar de pasar a la otra orilla la lechuga, a la cabra y al lobo, y quedarse mirando cómo lo había hecho de la forma correcta y cómo se marchaban ilesos, y ella con la cara de imbécil sin saber qué estaba haciendo allí, oliendo a quemado con la barca en llamas, tirándose al río y que nadie esperara eso, porque eso no era un dato del problema y para cuando estuviera en el fondo de la ciénaga ya nadie iba a poder resolverlo. Por eso cuando el hombre tumor se fue de su cama por primera vez, ella empezó a dibujar el laberinto, para no perderse si comenzaban a aparecer más tabiques y desvíos, para tener localizada siempre la salida. Esa misma tarde anotó todas las trampas que había detectado:

es frío,
usa bien las palabras y las manos,
está acostumbrado,
ha dicho amantes, ha dicho novia, ha dicho amor,
te ha preguntado si podía.

Espera que los trescientos kilómetros que le quedan por delante sean suficientes para despistar el olfato de la rata.

Papá

Necesita gasolina, el cartel luminoso siempre en el otro lado. Coge la salida, cambia de sentido y reposta. Agua y unos chicles para el aliento de pájaro, que cuando llegue al puntito rojo el tipo sin haches la encuentre fresca, como recién duchada. Le escribe que está a mitad de camino. Él le contesta que no sabe si llegará a tiempo a su casa. A tiempo de qué. Ella cruzando todo un mapa con unas coordenadas y él ni siquiera la espera. Piensa en dar la vuelta, ya ni siquiera tendría que darla. La gasolinera la obligó a girar, solo debería seguir el camino, deshacerlo, continuar.

Pero vuelve a la ruta y confía en la oscuridad, también en que haya alguna luz más adelante. Si mira de reojo por el retrovisor, puede ver a su padre en el asiento de atrás, no le extraña, es de la clase de personas que harían eso de joder apareciéndose,

salí igualita a ti, o a ver qué hago yo yendo a donde no me esperan si no es para hacer ¡Bu!

Su padre siempre tuvo algo de fantasma, le precedía un silencio inquietante que lo llenaba todo, un silencio sagrado que nadie se atrevía a romper.

En casa hablan de lo repentina que fue su muerte, pero ¿cuándo empieza alguien a morirse? Conforme ella crecía y se expandía, su padre se reducía, como si no hubiera sitio para ambos. Entonces llegó la enfermedad y si lo miraba durante el tiempo suficiente casi podía intuir cuándo se le apagaría el poco calor que conservaba dentro.

Ella veló su cadáver todavía vivo en el sofá, el mando de la tele en la mano, los partidos de fútbol repetidos en la pantalla. Ninguna conversación que rememorar, ni siquiera un reproche. Aunque su cuerpo enfermo era un operario lerdo que no preguntaba para qué hacía lo que hacía, para qué hacer circular la sangre, para qué abrir los ojos y la boca, para qué mover una lengua que ya nunca hablaba de tener un barquito con el que ir a pescar.

Tu padre acaba de fallecer, así la despertaron aquel día. Lo mismo era verdad y se murió por la mañana o tal vez la muerte había venido a buscarlo en mitad de la noche, ajena a los horarios de visita, pero no fue hasta primera hora cuando se dieron cuenta.

papá, cómo es eso de morirse solo, me he estado preguntando si lo sabías, que cuando te quedaste aburrido como sin cerebro ya nadie dormía contigo por las noches

Ella tampoco ha vuelto a pensar en esos días. Quiere contarle los detalles, no solo deben recordarse los momentos bonitos, además ellos no tenían muchos de esos.

Estaría orgulloso de cómo su hija reaccionó, o quién sabe, ella lo está, fue muy resolutiva con el fallecimiento: formularios, llamadas y reuniones, una burócrata de la muerte. Avisó a su madre y a su hermano, les dijo yo me ocupo. Subió a la azotea y recogió la ropa tendida porque no sabía cuántas horas iba a estar fuera ni si iba a llover. Avisó a su marido, también le dijo yo me ocupo. Estaba embarazada, solo un poco, aunque lo bastante como para tener que enfrentarse completamente sobria a la muerte de su padre.

Tuvo que esperar en un mostrador a que la atendieran, delante había un chico con mucha fiebre y otra embarazada, aunque en calidad de gestante y no de hija huérfana como ella. Llegó su turno y habló bajito, con un poco de vergüenza,

me han llamado, mi padre ha fallecido

Fue decirlo y hacerse realidad, todas esas semanas atrás tuvo la frase en la garganta y ahora salía sin ceremonia ninguna; me ha salido un sarpullido, se me rompió el condón o mi padre ha fallecido; para las orejas agujereadas de la chica de admisión todas las historias eran la misma, ya debía de estar a punto de acabar su turno.

Los de la funeraria la estaban esperando en la primera planta. Rellenó unos impresos y tomó unas cuantas decisiones,

espero que te gustaran el ataúd y las flores, aunque a ti esas cosas, las cosas, siempre te han dado igual

Él había vivido ajeno al mundo de la materia, se alojó en el de las ideas, escribía sobre el amor o pintaba flores, pero nunca lo vio con una cosa ni con la otra. Para hablar con él había que dibujar algo, ver una película o formular alguna teoría. Entre ellos nunca hubo un hueco para la calidez tibia que hay en un cómo estás, comí en tal sitio o dormí regular. Ella no aprendió, nadie la ha enseñado y no termina de dominar las conversaciones cotidianas, camina de puntillas sobre ellas, pero le cuesta contenerse y sin venir a cuento se descubre trepando hacia algún tema más oscuro o más luminoso, sus palabras inestables siempre andan a punto de saltar sobre lo frío o lo abrasador.

Ya se iba de la clínica cuando pasó por la puerta de la habitación donde su padre había permanecido ingresado antes de morir y entró por impulso. No sabe qué pretendía encontrar, desde luego no su cadáver, creía que lo habrían guardado en un lugar helado, inaccesible. Sin embargo, allí estaban, y no era muy distinto a cuando estaba vivo, él en la cama y ella al lado callada, un poco distinto sí, porque ahora lo observaba sin sentir vergüenza. Le habían colocado un vendaje que le rodeaba la cabeza hasta la barbilla, supuso que para que no se le abriera la boca, y lo habían cubierto con una sábana hasta el cuello. Sintió que debía hacer algo, un último contacto, así que levantó la sábana por un lateral y sacó su mano izquierda por debajo, no estaba tan fría como suponía. Se acercó a darle un beso en la frente, no llegó a hacerlo, se quedó observando su nariz, estaba extrañamente torcida, como si en ese rato sin vida ya se le hubiera desintegrado parte de la estructura ósea,

con lo guapo que has sido siempre y mírate ahora, ahí detrás, un fantasma con los ojos nublados y sin afeitar

Nunca se lo dijo, que de pequeña estaba orgullosa de que tuviera los ojos grises y un tupé como Elvis. Las tardes en las que regresaba del trabajo y bajaba del coche con su uniforme, ella corría hacia él para que la cogiera en brazos. Soñaba con llevar un vestido de vuelo y que le diera vueltas y vueltas en el aire, así todo el mundo vería que él era su padre, ella su hija y que la quería.

Empezó a contarle esta historia en la habitación, en su cabeza era una despedida bonita, pero su voz rebotando en las paredes le sonó falsa, un mal doblaje. No sabe si a él le hubiera gustado que terminara de contarle el recuerdo o le hubiera dado pena, así que guardó de nuevo la mano bajo la sábana y se marchó de allí.

No avisó a nadie, no había a quién. Su padre no tenía familiares que pudieran ir, tampoco amigos, no fue la única que lo había enterrado antes de tiempo. La madre llegó con el hermano. El hermano propuso que se dieran un abrazo, qué menos. Estaban los tres sentados alrededor de una mesa con café y pasteles que al rato la madre guardó en el bolso. Su marido llegó más tarde, se quedó trabajando hasta que terminó la jornada. Ella lo entendió, le había repetido yo me ocupo, yo me ocupo, estaba serena, lo entendió. No sintió nada al respecto, se había convertido en una esposa eficaz y cómoda a la que se le muere el padre y no necesita un abrazo ni que la acompañen.

Ella misma había alimentado esa idea, era una criatura única, una nueva especie hecha de una aleación flexible, dura y ligera. Una mujer diez, una pareja ideal que nunca suponía una carga, de la que no había que ocuparse. Su padre por fin estaría orgulloso, se había convertido en una persona que hacía lo que tenía que hacer y que jamás miraba hacia atrás.

Pero siempre hay una noche elástica y pegajosa que la pillaba agotada, y como la esposa de Lot en plena huida caía de rodillas y no podía resistirse a echar un vistazo. Nunca encontraba un atrás, algo que hubiera dejado lejos. En esas noches todo era palpable, el pasado estaba demasiado cerca y la hacía sentir lenta, inmóvil, no estaba avanzando hacia ninguna parte. Permanecía en un punto fijo, apenas la rozaba la vida, la de los demás, mientras ella giraba boca abajo sobre su propia cabeza sin poder parar.

Ahora, en cambio, avanzaba a ciento treinta kilómetros por hora.

parece que va a empezar a llover. ¿Papá?

Mujer lobo

No se permitió que la muerte le causara un gran sobresalto, ya se había adelantado al duelo, no había nada que echar de menos, se encontraba bien,

bien, muy bien, de verdad, muy bien

Sin embargo, la herencia en su cuerpo era también un operario obstinado que hacía lo que debía hacer. Una jornada épica había acabado, tocaba apagar alguna máquina; no fue el estómago, comió con el apetito de una adolescente que volvía de fiesta, tampoco le dolía el pecho, solo se encontraba algo cansada. Se fue temprano a la cama, más temprano que ningún día. Leyó unas páginas y ya estaba quedándose plácidamente dormida cuando notó una humedad entre sus muslos; la placenta había cedido.

El riesgo de aborto la mantuvo semanas atada al blanco de las paredes de su casa. Un blanco sanatorio, un blanco enfermo. De la cama al sofá era el recorrido permitido, una celda de castigo de lujo, con alguna obra de arte auténtica colgada en la pared. Los padres de su marido le regalaron a su hijo una casa antes de casarse. Una casa, un pequeño jardín, un coche de gama alta, viajes al extranjero y el afecto. Cómo sería saberse una persona que forma parte de algo más grande y fuerte que lo sustenta, empezar la vida así, viéndose a uno mismo como un hermoso cisne de oro que merece el éxito y la felicidad. Quizás ella le supuso un reto, el riesgo, su derecho a la extravagancia. La joven sentada al fondo del aula de cálculo infinitesimal, la única chica de la clase, la muchacha de origen humilde cerrada en banda y siempre incómoda en el halago. Una apuesta segura, en la universidad ya le estaban enseñando a capitalizar su intelecto y él le descubriría todo sobre el amor, lo que era el cariño y la familia, había aprendido de los mejores.

Tras las semanas de reposo, no debía volver a trabajar, pero ya podía moverse, llevar una vida normal o acompañarlo en la suya, acompañarlo también a aquella boda. El jefe de su marido se volvía a casar y ella, aún por hacer, en la casilla cinco, la oca desplumada que acaba de escuchar el disparo de salida. Recién llegada al primer matrimonio, al primer embarazo, una bestia con la piel de la barriga a prueba, buscando unos zapatos para pezuñas y alguna manera de controlar su pelo.

Fue esa tarde entre enredos y horquillas cuando escuchó el nombre del hombre tumor por primera vez. Su marido le habló del compañero, alguna anécdota donde pudo olerle un leve aliento a envidia. Esa admiración encubierta despertó la curiosidad de ella, qué podía tener ese espécimen para llamar la atención de un cisne en la cúspide del mundo.

Los hombres desde siempre como cartas del tarot para ella, acompañados de un presagio, hombres a los que adivinaba como a las nubes, si venían más bajos o altos, si avanzaban con calma o tenían prisa, si pasarían de largo o si, por el contrario, antes o después, descargarían sobre ella.

En mitad del salón de bodas, el compañero apareció a lo lejos, una nube oscura, y ella pudo intuir que hacía tiempo que no estaba bajo el mismo cielo que su mujer. Su esposa se movía despacio, se diría que de puntillas. La miró y sintió envidia de su cadencia delicada, la de una bailarina con talento que en algún momento se partió un tobillo. Las semanas que estuvo mirando la pared blanca de la casa la habían transformado en una experta observadora; creía intuir dónde surgiría una humedad o una grieta, por dónde aparecerían las hormigas; también se había acostumbrado al silencio, apenas había interactuado con nadie, a excepción de las visitas de alguna amiga y las charlas con su marido, charlas de matrimonio que ya ambos empezaban a usar más para esconder que para decir. Ahora, desde lejos, veía a su marido divertido, entre la bailarina lenta y la nueva comercial de la que ya le había hablado y de la que supuso andaba encaprichado.

Ella observaba desde su silla el baile con plumas, le gustaba verlo con ojos de desconocida, todo carisma, la vida en el bolsillo, ni siquiera enamorado le atisbó nunca una pizca de miedo.

El compañero se sentó frente a ella en la comida, aun así y a un metro no lo veía; la energía con la que su flequillo aparecía y desaparecía entre su cara y las manos no le dejaba percibir sus rasgos. Por aquel entonces ella sabía de la belleza, de las facciones y de la armonía; ya se volvió ciega. Se limitó a adivinarlo mientras seguía la conversación que surgía en la mesa entre platos, servilletas y brindis. Los demás intentaban mantener una charla divertida, amena, manoseada, ¿quién estaría tan loco como para un segundo matrimonio, una segunda ceremonia? Su cerebro buscando en los pliegues del mantel, paseando sobre cada alegato, eligiendo el comentario sobre el que saltar, la obviedad a la que prender fuego,

¿por qué no repetir? Mi matrimonio es tan perfecto que ya sueño con el siguiente

En ese momento él se apartó el flequillo y le ofreció un vino. Sonrió y le preguntó ¿quieres?, o quizás no sonrió ni abrió la boca y solo acercó la botella a la copa que ella tenía delante, pero de lo que está segura es de que vio el rayo y escuchó el trueno y le contestó

imposible

Imposible el vino e imposible la lluvia, y él se quedó esperando una explicación o puede que no. Ya, tan ingenua, quería adelantarse a sus pensamientos, siempre completando a los personajes de sus futuros recuerdos. Usó imposible donde era un no puedo, gracias, abrió un paraguas negro bajo techo y sin razón; por eso él se quedó mirando, sin saber qué cosa era esa mujer, y ella se tuvo que mostrar, se irguió un poco, puso sus manos sobre la pequeña barriga ocupada y dejó que la observara. Él tragó saliva y se le cambió la expresión, se estaba transformando frente a sus ojos, era Paul Naschy viendo a la autoestopista de suave cabellera y ojos tiernos convertirse en una mujer lobo. Se diría que, como ella, tuvo miedo. Por eso no se disculpó ni le ofreció agua, simplemente se marchó de allí.

Al rato y parada bajo el sol, ella se desmayó.

La barca

Conduce siguiendo las líneas blancas, es lo único que tiene que hacer hasta llegar al punto rojo. Jamás deja nada a medias, necesita cerrar cada interrogación que se le abre delante, aunque esté al principio de una autopista oscura que la lleva a un destino indigno.

No deja pasar una oportunidad, solo sabe decir sí, pero se ahoga con el pájaro de la duda. Sube y baja del estómago a la garganta, se asoma, mira la carretera negra, el paisaje negro, la nada al fondo, se inquieta con el sonido del limpiaparabrisas, y pía, por qué, por qué, para qué. Se enumera las razones:

> borrarme en otro,
> que todo cambie,
> que me pase algo peor que él.

Tras la boda, la pareja los invitó a cenar a su casa, pero su marido les dijo que, aunque el feto ya andaba agarrado con uñas y dientes a la vida, la embarazada seguía agotada y que era mejor recibirlos en la suya. Seguro que su marido nunca tuvo que resolver problemas de lógica, su padre no pondría a prueba su inteligencia, por eso no sabía, por eso subió a la cabra y al lobo a la barca.

Ella ya no dormía, apenas las ocho de la mañana y la casa le pareció más fea que nunca, los cristales sucios, para qué tantas ventanas. Él presumía siempre, mira qué luz, como si fuera suya, señalaba a quien entrase, como si la hubiera comprado, mira qué luz, es lo que me enamoró de esta casa frente a las otras, eso decía. Enamorarse de una casa y de la luz, qué suerte algunos, porque siempre hay luz y siempre hay casas y cosas bonitas y es posible estar enamorado todo el día, con el cerebro blando y asombrado, qué suerte abrir los ojos y que todo esté bien porque hay algo como la luz. Ella buscaba la luz en sí misma, la que suponía lo mantenía a su lado, pero solo veía cierto brillo en su pelo, una luz que descubría cuando se miraba hacia arriba desde el fondo de su pozo.

Esa mañana salió de la cama, una babosa gigante que se arrastró hasta la cocina, café, mejor un bebé intranquilo a una mujer por los suelos. La cafetera chup chup y sus ojos en la caja enorme que llevaba meses apoyada en la pared. Una mesa redonda que ella había comprado, previsora, huyendo de las esquinas de la que todavía ocupaba el comedor y que imaginaba picoteando el cerebrito del bebé. Una mesa barata que quería destronar a la mesa de calidad, pero una mesa suya. Una mesa desmembrada, la idea de una mesa que no había llegado a ser porque ella aún estaba esperando el día en el que eligieran juntos unas sillas a juego, pero siempre había algo más importante que decidir. Un rincón sobre el que había dictado sentencia, una condena que todavía no se había ejecutado.

Esa mañana aún tenía una fecha en la que volvería a la oficina, a la dieta sana, a la natación. Solo eran unas vacaciones de su propia existencia, todo aparcado, eso pensaba, cuando lo hacía. La mayor parte del tiempo comía cuando tenía hambre, bebía cuando tenía sed, dormía si le apetecía fuese la hora que fuese. Vivía para su cuerpo, lo intelectual dejó de interesarle, las ideologías, los avances de la humanidad eran para otras, ella quería historias tiernas, ninguna historia ni conversación le interesaba si alguien no amaba o alguien no sufría. Le pedía a su marido que la abrazara, le buscaba la mirada, estaba muy pesadita. Le preguntaba si la quería, claro que sí. Él no entendía lo que le estaba preguntando. Ella tenía los órganos desplazados, el hígado aplastado contra las costillas, el corazón más ancho y rápido, más litros de sangre que bombear, sangre nueva a la que no le bastaba la paz de esa respuesta, buscaba gestos o palabras desconocidas que calmaran su naturaleza violentada. Quería que su marido tuviera ansiedad, que experimentara el miedo, que no durmiera intentando adivinarla, no quería que fuera un marido, nunca lo llamó así, ni un amante comprensivo o un simple hombre, quería que fuera un personaje de ficción, uno escrito por una mujer.

Quiso contarle que había pensado en su compañero de trabajo. En otro tiempo no tan atrás se sentían tan fuertes que les divertían las pasiones repentinas del otro, ramos de flores frescas en la casa, flores que se marchitaban bajo el roble robusto de su matrimonio. Pero maduraron, eso dijo él, ya habían madurado.

Podrían haber ideado algún plan para acabar con aquel hombre, convertirse en un matrimonio homicida, compinchados para acabar con el deseo de una y con la envidia del otro. Más unidos que nunca por una historia de despecho. Pero en lugar de eso compraron un vino carísimo que ella ni siquiera bebería para recibirlos como un matrimonio dócil, sin ningún plan de asesinato.

En el último chup chup de la cafetera ella supo que ese era el día de comprar las sillas o que no llegaría nunca. Se puso intransigente, innegociable, él no lo entendía, precisamente hoy que venían invitados, en su estado. Ni siquiera debería estar bebiendo café. Con la taza en la mano se acercó a una silla, la agarró fuerte por el respaldo y la zamarreó, una corista de piernas flacuchas a la que hizo bailar y tambalearse frente a él hasta que una de las patas de madera se descolgó del resto. Él se quedó mirándola, tan poco acostumbrado a una violencia mínima, nunca un tirón del pelo, un vaso contra la pared, nunca un portazo. La pata se quedó allí, en el suelo, ella le dio con la punta del pie, como comprobando si respiraba y se sintió orgullosa de su primer cadáver como verduga. Después fue a vestirse.

Su marido comprobando en el coche el adaptador del cinturón, la temperatura del aire acondicionado, poniendo música, la música de siempre. Ella cogiéndole gusto a la violencia,

te vas a volver tonto escuchando siempre lo mismo, peor, no te vas a volver nada

Él sin entender. Parecía que ella se había levantado con ganas de bronca, si antes a ella también le gustaba, pero mejor no tenérselo en cuenta, las hormonas. Y la música siguió mientras se incorporaban a la autovía.

Llegaron y recorrieron naves de polígonos, todas repletas de pequeños rincones y escenarios de hogares felices, tanto que se fueron contagiando, y poco a poco se sintieron así, felices y unidos. Bajo el latón industrial, un rayo de luz cuando decidieron que a ambos les gustaban las mismas sillas. Aún no habían sido capaces de encontrar el nombre del bebé, de decidir si iría a un colegio público o a uno privado, tampoco encontraban el momento para hablar sobre el deseo de ella de volver a vivir en la ciudad. Pero habían comprado seis sillas y en casa los esperaba una mesa que montar, y con ellas un nuevo rincón y escenas futuras. Ahora tenían un futuro blanco y redondo apoyado en veinticuatro patas.

Volvieron a casa con el tiempo justo, no era el momento de montar las sillas, no iba a dar tiempo antes de que llegaran los invitados, quedaría todo embarbascado. Pero ella ya tenía el cúter en la mano y se puso a abrir una caja tras otra, al menos cuatro. No, la corrigió, vienen con su hijo. Así que no eran una pareja, eran una familia que tenía un hijo. Ella tragó saliva y le dieron ganas de usar el cúter contra el deseo que la nublaba. Nunca habían recibido a niños, ¿qué comería? ¿Se parecería a su padre?

No le dio tiempo de montar la mesa, solo el pie, y ahora las sillas nuevas no cabían en la otra mesa que se resistía a desaparecer. Debía ducharse y estar presentable. Todo estaba saliendo mal.

Escuchó llegar el coche desde arriba, la puerta abrirse, el entusiasmo saludando. Imaginó a la familia entrando de la mano y quiso que la noche parara, si era necesario para ello, estropearlo todo, meterse en la bañera y desangrarse, darles un buen susto, o bajar las escaleras y dejarse caer. Por un momento le reconfortó tener en su mano el poder de arruinar la cena, el embarazo y el futuro. Ya pensarlo le resultaba reprochable y por la misma razón excitante, porque podía pensarlo y podía hacerlo, nada se lo impedía; si todo continuaba adelante, solo era porque ella así lo quería.

Era su futuro el que los visitaba esa noche, porque también a ellos en breve los invitarían a cenar como familia e irían tres, pero antes, por el camino, escucharían las mismas canciones en el coche, ¿qué música le gustaría a ese hombre?

Al rato eran un monstruo amigable de seis cabezas, una a medio formar, sentado en torno a una mesa agresiva de cuatro picos. Ella se sentía un trombo que atoraba la conversación, normalmente la ayudaba el vino, pero no debía. Cuánto lo echaba de menos. Le gustaba beber, le encantaba sentirse fuera de sí, hablar dos tonos más alto, cómo el vino lo impregnaba todo de levedad, y los agujeros que creaba en su memoria. Ahora siempre estaba consciente de sí misma y le resultaba agotador.

Su marido y la bailarina comentaron lo radiante que estaba, él apenas la miró y le dijo a su hijo algo así como pórtate bien. Esa omisión le pareció más insolente que si le hubiera metido la mano en las bragas, pero nadie se inmutó, solo su panza subió y bajó presionando la vejiga y un chorro de pis estrenó la silla.

La bailarina confesó que a última hora habían estado a punto de no ir, su marido se había sentido indispuesto. Indispuesto, fue oírlo y que le dolieran los colmillos. Cogió las costillas con las manos y chupó los huesos, aunque podría haberlos roído. Notaba los caninos afilados, más salientes que nunca. De niña no le pusieron la ortodoncia que necesitaba y tuvo que mostrarse así al mundo. Frente a las sonrisas alineadas y perfectas, en su boca asomaba ese vestigio de depredador que ahora le pedía carne roja. La esposa siguió hablando, acababan de comprar una casa, una nueva construcción, por fin tendrían una terraza donde dar fiestas y cenar las noches suaves. Se la entregarían en un año. Lo miró, un año, para qué un plan de futuro, de otro futuro, para qué otra casa. Rebosó el agua del vaso, qué asco el agua, el agua no es nada, y odió las sillas, la mesa, la de ahora y la futura, y las vistas oscuras al campo. La esposa preguntó cómo iban a llamar al bebé y su marido comentó en un tono ligero que mejor no tocar el tema porque no se ponían de acuerdo. Entonces ella lo dijo, ahí fue cuando tuvo claro el nombre que iba a ponerle, le pondría el suyo, la iba a marcar en el muslo con un hierro candente, como la marcaron a ella, iba a ser suya, para qué buscar otro nombre que le diera igual, que sonara bien, que sonara a nada. Y se levantó a por el postre.

Ellos dos retiraron la mesa y ellas se sentaron en el sofá, pero ella no estaba en ese sofá. Ella andaba pegada a las paredes, reptando de una habitación a otra pendiente de él, buscando moscas con las que saciarse a falta de la gran presa y, de vez en cuando, pillaba alguna que revoloteaba desde la cocina con su voz: lluvia, lenguaje, aluminio.

El niño se daría cuenta porque la bajó del techo y le tocó la barriga: quería ver la piscina. Ahora estaba cerrada, pero salió con él, mejor fuera que dentro, mejor una persona con la que no tener que ordenar las palabras ni parecer una mujer.

El niño la cogió de la mano, entonces ya tenía algo de madre porque no le molestó esa textura pegajosa de a saber qué. Se saltaron la valla y metieron los pies en el agua sucia y fría, cementerio flotante de pequeñas criaturas. Los dos nerviosos, moviendo las piernas al mismo ritmo, los dos queriendo más, los dos cuerpos adaptando la temperatura para lo que tuviera que ocurrir, compartiendo el impulso de hacer algo prohibido, tan poquita cosa y vulgar, y el niño aprendiendo de ella que hay que frenarse, que ni de mayor se puede hacer lo que se quiere.

La mamá llamó al niño, vigilando inquieta desde la puerta, empinada en paso de relevé, protegiendo a su criatura del agua o de un mal resbalón.

El padre vino en su busca. La barca, el río, la cabra y el lobo, ¿cómo era el orden? Se agachó entre los dos y sacó los pies de su hijo del agua, le colocó los zapatitos con paciencia y el niño, una vez herrado, salió galopando sin mirar atrás. Después se giró hacia ella y, todavía encogido, alcanzó sus sandalias. Cierto orden natural hizo que ella misma sacara los pies del agua y que él se los secara con las sobras de su vestido. Le colocó las sandalias, diestro y sin titubeo, una y otra, nada en su actitud ni respiración haría pensar que trataba con otros pies que no eran ya los de su hijo, que hacía otra cosa más allá de lo que tenía que hacer.

Ella buscó en su coronilla algún remolino bajo el que adivinarlo nervioso, quería que levantara la mirada, que la viera, aparecerse frente a él, ahora frágil, en sus manos. Pero él aferrado al mundo real de las cosas a través de los lazos que ataba alrededor de sus tobillos. Y dijo, le dijo, porque abrió la boca y ella prestó atención: se te están hinchando los pies, ahora los pones en alto.

No eran palabras, ella conocía el lenguaje, y aquello no lo era. Él no le estaba hablando, él se le metió dentro, quiso moverla en una dirección hacia un lugar que él parecía conocer, pero ella no. Después la agarró de los brazos y la ayudó a levantarse, o la levantó sin ayuda porque ella era un peso muerto, algo que se había caído. Ya no era una persona del todo, era un cuerpo que calzar y levantar, solo eso y todo eso, un cuerpo vivo desprovisto de ideas, sangre densa buscando unos pies anchos donde reposar. Ella a su altura, pero sin encontrar su mirada. Giró la cabeza y buscó amar a los insectos que rozaban el agua sedientos y buscó que el brillo de las hojas en la punta de los árboles la calmara. Reposó la vista en él, los mechones oscuros sobre sus ojos eran párpados verticales de reptil que dejaban escapar destellos amarillos. Finalmente la alcanzaron; una denotación que disparó sus palabras incandescentes directamente hacia la nuez de su cuello,

y tú deberías cortarte ese puto flequillo

Las indicaciones

Tras el riesgo de aborto no volvió a la oficina, se acostumbró a la inercia, le gustaba seguir indicaciones:

> ponía los pies en alto, por supuesto que lo hacía,
> daba paseos que la agotaban a los dos minutos,
> bebía refrescos isotónicos,
> clases de respiración,
> aceite para las estrías.

En la pantalla del ginecólogo, un cráneo del que ya salían extremidades, y en la del teléfono, la llamada de un tribunal médico que quería saber por qué no estaba trabajando. Nunca había sido tan productiva, estaba produciendo una persona que algún día también sería una mujer que a su vez podría producir otros seres humanos, líneas de código o camas de hotel recién hechas.

La citaron a media mañana. Un bus la llevó a un polígono a que les mostrara algo, a que demostrara algo, no sabía muy bien el qué. Solo era una formalidad, la hicieron pasar, tres médicos anotaron las semanas, las molestias. Certificaron que estaba bastante embarazada, que debía cuidarse, poner los pies en alto, caminar, hidratarse, ir a clases de respiración. Le desearon suerte y la dejaron marchar.

Llamó a su marido, quería que la llevara a casa, pero él no respondió. Lo odió por no estar atento a la llamada, por no tener que pasar por un tribunal, porque siguiera trabajando y llevando sus camisas y sus zapatos de siempre, lo odió por tener anécdotas de oficina, estrés y problemas civiles, por seguir siendo un ciudadano dado de alta en todos los sistemas y no una humana en pausa con miedos primitivos.

Desobedeció las instrucciones de los tres doctores, desayunó café y tarta por segunda vez esa mañana, y cogió un taxi en lugar de caminar hasta la oficina de su marido. Se sentó en uno de los bancos de enfrente y miró hacia los ventanales. Observó las sombras que iban de un lado a otro y se preguntó cómo alguna vez ella había estado trabajando en un edificio, cómo tuvo un horario, un jefe, dos, tres. Qué eran los compañeros y la máquina del café, qué era una impresora, cómo se enviaba un mail. Ahora era una incapacitada, un tribunal de tres jueces así lo había determinado. Le habían firmado un salvoconducto según el cual lo único que tenía que hacer era seguir viva, respirando y existiendo, ser una carga que no ganaba dinero, una molestia con cambios de humor y ansiedad por la comida, cada día más gorda y agotada.

Quiso que apareciera su marido de una vez, que la llevara a casa y que se quedaran en la cama hasta que llegara el bebé, que lo sacara él mismo con sus manos y que permanecieran allí como una camada, entonces, después y también mucho tiempo después. Deseó el tacto frío de una cadena y el silencio seguro de una jaula sin escapatoria, pero allí sentada le llegó el olor de las flores nerviosas con el viento y sintió el peso del cielo sobre su cabeza. Pensó en los ojos de reptil, los buscó a través de la fachada sin querer encontrarlos, sin querer otra cosa que encontrarlos, y le pareció ver el reflejo amarillo desde alguna ventana. Quiso levantarse y tomar el camino de vuelta hacia casa, aunque la huida le llevara cuatro horas andando bajo el sol, así pusiera en riesgo la vida del bebé y la suya. Poco importaba, porque ya no distinguía la paz del peligro, todo era peligro y siempre andaba alerta: con el ruido de un coche que llegaba a casa, con el sonido de las bisagras de la puerta, alerta por si él aparecía, por si volvía a por algo, por si volvía a por ella. Y apareció ante ella porque era lo único que podía ocurrir, lo esperaba como a la menstruación después de la jaqueca y del dolor de riñones, puntual en sus bragas y en sus muslos. Se había cortado el pelo, el muy imbécil se había cortado el pelo y ella deseó no tener ojos ni los pies hinchados.

Él la llevaría a casa. Supuso que había hablado con su marido o no supuso nada. Ya siempre sería así, cualquier acto o palabra suya la llevaría a una búsqueda yerma, a construir un callejón blanco que la condujera a otro o que le hiciera darse la vuelta. Se había cortado el flequillo, ¿qué podía leer en esa ausencia? Que se había amputado parte de sí por lo que le dijo al borde de la piscina, al borde de todo o simplemente que su mujer se lo cortó una tarde calurosa. Esa imagen la revolvió, él sentado y su mujer manoseando su pelo. Le señaló el hueco en su frente,

¿dónde está?

No lo había guardado, ¿lo querías?, le preguntó. Ella sonrió, escondiendo los colmillos, como una muñeca bizca y hueca.

Él comenzó a caminar, unos pasos por delante, impetuoso. Ella detrás pisando su sombra, pero no había nada de malo en tocar una sombra, en mirar una sombra, porque una sombra no es un hombre. La silueta alargada, las piernas algo arqueadas, los hombros suaves. Se sintió un lastre, lamentó que tuviera que llevarla en esas circunstancias. Quiso ser ligera, no estar embarazada, vestir unos vaqueros, que sus pulmones respiraran solo para sí misma, ser la expresión más simple de una mujer en ese momento. Ya se le escapaba la sombra cuando él se paró en seco. Lo miró y pensó que estaba molesto, repasó todo lo ocurrido en las tres ocasiones que se habían visto, en las escasas horas que coincidieron, en las pocas frases que se habían dirigido. Finalmente él habló y dijo lo siento, lo dijo serio, como lo decía todo, sin necesidad de sonreír o de resultar agradable. Ella hiperventiló por la boca tratando de recuperar el pulso y él, en un gesto que no supo interpretar, también.

El invasor

No sabría decir si el viaje en coche fue de tres minutos o de tres horas, no consigue recordar el color de la tapicería o si había una sillita para su hijo. Dentro olía bien, un aroma elegante, a piel. Había espacio entre ellos dos, demasiado, y un silencio mullido que lo rellenaba. Él apagó la radio, por eso ella no puede saber cuánto tiempo pasó, no tuvo manera de medir aquella nada. Estaba en misa, rezaba para que se le ocurriera algo ingenioso que decir o, al menos, para que se le iluminara la piel. De nuevo ridícula, incapaz de sacar un tema de conversación, solo logró decir

mejor por ahí

Dejaron el coche en la puerta. Salió concentrada en cada movimiento, en el pie que debía posar primero y en cómo agarrarse al asiento para no parecer torpe. No le sorprendió que él también bajara del coche, pero sí que no se despidiera y que la acompañara hasta la puerta. No quiso ser desagradable o incomodarlo, apenas lo conocía y ya prefería sentirse incómoda ella.

Ese día se perfilaría cada detalle de los siguientes meses, se establecieron las reglas de lo que fuera que tuvieron. Sin duda, cada uno vivió aquella experiencia de forma completamente distinta. Por eso empezó a registrar en las notas de su móvil cada cosa que sucedió a partir de aquel momento, para fijarlas, para hacerlas más reales cuando las leía en su pantalla. Como aquellos doctores del tribunal médico, haciendo que las palabras embarazo avanzado fueran más reales que el propio embarazo avanzado, también ella escribía que estuvieron fascinados, locos de pasión y que fue del todo inevitable, para que todo lo que ocurrió, o lo que le ocurrió a ella, se transformara a través del lenguaje en algo mucho más bello y menos vulgar de lo que fue.

Él en la casa ocupándolo todo, pasando sus manos de hombre por los libros, por las láminas y las fotos. Un Midas transformando objetos olvidados y sin vida en algo que mirar de nuevo. Ella delante, aunque sintiendo que es la que lo persigue, perdiendo cada centímetro de espacio que él pisa, la casa dejando de ser solo del marido, la casa rendida ante el invasor.

Ella en la cocina, los azulejos blancos, el momento en que abre el grifo, pone los dedos bajo el agua y, al sentir que sale fría, llena el vaso. Detrás de sí, un cuerpo que ya no es una sombra inofensiva. Incluso de espaldas y a esa distancia, ella toma conciencia de su peso y de su altura, la sombra se ha transformado en un hombre de verdad. Bebe un sorbo, traga, y sabe que ese es el momento exacto, el segundo en el que tuvo la decisión en sus manos, el instante en que supo que cuando se diera la vuelta, él estaría ahí, detrás, ya dentro. Y, aun así, lo hizo.

Cerrar la puerta

El salpicadero es una fiesta de luces en este coche que no habla ni tiene mapas, que no muestra dónde le duele, que solo enciende alarmas que ella no entiende. Algunas se apagan aburridas de no ser atendidas, ya saldrá el humo si es que tiene que salir. Nunca supo arreglar nada, solo sabe de incendios.

Sus dedos humeantes. Cómo era eso de hacer una llamada, ya nadie llama. Pero su ansiedad marca el teléfono del tipo sin haches. Le cuelga, él sabe que no se llama. A cambio, le envía un mensaje de audio. Nunca había escuchado su voz, tiene un tono claustrofóbico, con sonidos llenos de jotas que asoman desde el fondo de la garganta. Le dice que va de vuelta a su casa, se encontrarán allí.

Justo antes de montarse en el coche, ella imaginó el encuentro sobre un sofá, bebían vino, él le acariciaba la cara, había preparado algo de cena. Le dijo que lo haría, le dijo que era cocinero. Al despertar, daban un paseo por los alrededores, la mañana era celeste y verde, fría e inmensa. Pero ahora en su cabeza él aparece con un grupo de hombres, la destrozan y le roban el coche, sin saber que hay un muerto en el asiento de atrás. Después son dos, su padre y ella cambiando la emisora de la radio, encendiendo todos los pilotos, hasta que finalmente decidían cortarles los frenos.

Sabe que tiene elección, que está a tiempo de no ir. Podría desaparecer, sería tan fácil como borrar los chats y bloquear el contacto. Sin embargo, también sabe que seguirá adelante, el miedo nunca le impidió hacer nada. Todo es miedo, no conoce otra cosa. Está tan acostumbrada al miedo como lo estaría su nariz al olor de la basura si se hubiera criado en un vertedero. Ya no distingue.

Su madre y «cuidado con el vecino, cuidado con esos niños, cuidado con el entrenador, cuidado, cuidado». El cuidado no sirvió de mucho, lo peor nunca lo vio venir ni pudo evitarlo. Al menos, quiere sentir la satisfacción de meterse ella solita en la boca del lobo, elegir el lobo que, de entre todos, la ha de comer.

La boca del lobo no será más peligrosa que aquel instante en la cocina con el hombre tumor. El vaso llenándose de agua, el cuchillo del desayuno aún brillando en el fregadero. Girarse ya sin vaso ni cuchillo, sin cerebro, sin marido ni embarazo. Él sonrió por primera vez.

Ella se había cuidado de tipos como él, nubes que

dejaba pasar, hedonistas, tibios y oscuros. Sin embargo, dejó que la besara, dejó que la guiara de la mano hasta la habitación, como si la casa fuera suya, también suya la habitación y suya ella, su cerebro desacelerando, ella ya toda placenta, útero, pero alguna idea pasando por él y la mente tratando de atraparla.

Ella absorta en la presencia de los dos, buscando los límites entre sus cuerpos con los ojos cerrados. La lengua y las manos de él en su interior, ella dibujando en su cabeza lo que estaba ocurriendo hasta que él se detuvo. Abrió los ojos y se preguntó por qué se había quedado mirándola así, quieto, sin tocarla, como si no supiera que cuando en el sexo no hay sexo solo queda la intimidad, siempre aterradora e insoportable. Escupirse, tirarse del pelo, morderse, ahogarse, todo lo conocido hasta entonces le habría resultado menos violento que observar esos ojos amarillos posados sobre ella. Entonces él dijo su nombre y le preguntó si podía. Solo podía contestar que no, y contestó que no,

hoy no

Porque sabía que era el momento de cerrarle alguna puerta o aquel hombre no saldría de ella. Aunque tardó poco en asumir que no sirvió de nada.

Ahora no sabe qué tendría que pedirle a este chico para sentirse a salvo, aunque por suerte no es eso lo que busca.

Toda azul

Tras aquello, el silencio y la vida abriéndose paso en su cuerpo. No ocurrió de forma natural, tuvieron que rajarle el vientre. Su parto fue civilizado, con un grupo de profesionales sensatos que decidían lo que debía hacerse. Esa fue la última cosa civilizada que hizo. Un polvo civilizado que engendró un bebé civilizado. Una niña bien sentadita sobre sus piernas cruzadas sin darse la vuelta ni andar de cabeza. Pero salió, abrió los ojos y la pequeña quiso morirse. Se puso azul, rodeada de la gente que vino a conocerla, todos siguiendo un partido de fútbol en el televisor de esa habitación de hospital. Su marido se la quitó de encima y ella se quedó sin reaccionar, con los brazos entubados acunando a un fantasma. Se preguntó si ese era el final de la historia, después de semanas tumbada, poniendo en peligro su vida con una placenta débil que no la creía madre. Todo ese miedo para que acabara así, de forma tan tonta. Solo seis horas después, ni una jornada de madre y a la calle, sin previo aviso, sin haber aprendido a poner un pañal o la cremita para el culo, sin saber qué responder cuando alguien le preguntara a partir de ese momento si era madre. Los echó a todos de la habitación, ya algo le pasaba que no lo pidió por favor, que lo exigió a gritos, que todos fuera.

Se quedó mirando el partido. Quiso conocer cada detalle de eso que veía y que estaba pasando en el mismo momento que lo que estuviese ocurriendo en la otra sala, una llena de máquinas para bebés a los que ya, tan pronto, les costaba vivir. Al menos, ese partido también era algo importante para muchos, un mundial, y prestó atención a los nombres, Borges, Fuller, porque si ese iba a ser el momento más crucial de su vida, quería recordar con quién estaba viviéndolo: Rodri, Asensio que marca gol y todos gritan en el campo y en las habitaciones de al lado, así que ella aprovecha y también grita. Y ya siguió gritando, para qué parar, hasta que vino una enfermera, se tiene que tranquilizar, todo está bien, dónde está el padre, dónde hay algún familiar,

los eché a todos

La enfermera se sentó con ella y vieron el partido juntas hasta que le trajeron de nuevo al bebé. Solo se había atragantado, pasa muy a menudo, dijeron, regurgitan lo que tragan en el parto. Su bebé había comido de su carne antes de salir, aquella criatura pura se había tragado algo negro y amargo que expulsó después y ahora ella también sintió que renacía, sin ese bocado oscuro, tras una muerte corta de cuarenta y cinco minutos.

Volvieron a casa, el plural familiar, su marido y ella con un bebé. No hacía ni una semana que se marcharon al hospital y a la vuelta todo le pareció distinto, los espejos reflejaban a otras personas y en la radio sonaba otra música.

Los pasillos, que antes solo usaba para ir de una estancia a otra, ahora los paseaba con la niña en la teta, su bulevar privado. La mayor parte del tiempo ni eso, pasaban las horas tumbadas en el sofá, tumbadas en la cama, tumbadas en el suelo.

Así estuvieron semanas, en un estado latente, atrapadas entre el sueño y la vigilia. Ella solo miraba esa cabeza reducida que no le decía nada, que según dicen ni siquiera la veía. Amigos y familiares vinieron a verlas, también la bailarina, su marido no, ella lo excusó.

Por las noches, el padre la dormía cantándole pasillo arriba, pasillo abajo. Le sonreía, la quería, ya la quería. Ella no tenía alma con la que querer, no sabía si una hembra recién parida quiere a su camada y ella no era más que eso, apenas humana, sin libros, ni cine ni opiniones. Se sentía vulgar, una mujer con vestiditos sueltos que acude al pediatra, que acude a la farmacia y anota lo que engordó el bebé y el resto del tiempo lo pasa amamantando y lavando ropa. Las bestias no hacen coladas. Intentaba encontrar el amor ahí, en cada calcetincito, en cada body y pijamita, diez, veinte, todos iguales, pero sus manos enormes sin saber lidiar con eso, y las pinzas de la ropa que ya no eran suficientes.

Desde la azotea vio a los lejos que la ciudad no se había parado, seguía avanzando hacia el futuro ajena a esta nueva tribu de mujeres sin lenguaje que emergía. Arriba le vino un olor a mar inventado, uno a más de cien kilómetros, y se tumbó con la falda arremangada a la cintura y allí mismo, debajo de los baberos, se tocó sin ganas de tocarse, pero con ganas de tenerlas. Después se limpió la sangre de los dedos en la propia camiseta, una madre que ya siempre iba con manchas. En la casa, ningún mar, solo el olor a leche dulzona y a caca, sin saber calcular cuándo había comido o cuándo se lo hizo. Ella ofreciéndole sus pechos vacíos y poniéndole a cada rato otro pañal limpio, y así completaba los días. Eso era una vida entonces, poner pañales, quitarlos e ir a comprarlos.

Hasta una tarde en la que sintió que la niña la veía por primera vez. Ella en la ducha y la pequeña chupándose el puño en la alfombrilla, sin quitarle ojo. El agua hirviendo, la piel enrojecida, la leche brotando sobre el vientre todavía abultado. La bebé sufriendo con ese desperdicio, pobre criatura que prefería la leche al aire, a la vida, y comenzó el llanto. Entonces la entendió y también lloró ella, la niña berreó y ella berreó, esa fue su primera conversación, su primera pelea. Se reconciliaron entre lágrimas y se ofreció a ella, que la tomó ansiosa,

sí, cariño, ya solo soy tuya, tuya, tuya

Así se hicieron madre e hija y, justo ahí, la quiso.

Desposeída de sí misma encontró la paz de los lentos, quién era ella para disponer de su cuerpo, para no escucharlo o resistirse, y debieron ser sus dedos los primeros en rendirse y los que escribieron el mensaje que le llegó a él,

hoy sí

Y él acudió, hizo lo que esperaba que hiciera, igual que le había atado las sandalias junto a la piscina. Como se lo haría a su mujer con las luces apagadas, después de acostar al hijo y ver el último capítulo de la serie que ambos soportaban. Así la abrazó tras cerrar la puerta, sin decir nada, unos segundos intensos que le bastaron para medirla, para pesarla, y conducirla diestro hasta la habitación por segunda vez. Tengo una hora, dijo, y racionó los minutos con la atención plena en cada cosa que hacía, sin siquiera desvestirse del todo porque no había tiempo para recomponerse y llegar a la próxima reunión. Así ocurrió, con un protocolo urgente, silencioso y estremecedor.

Sobresaltada, en mitad de la noche, creyó que se había quedado dormida con la bebé encima, o peor aún, debajo. Sintió el cuerpecito fantasma, como a veces creía notar la mano de él que la tocaba. Su cuerpo con una memoria propia, la gravedad retorciéndose sobre su piel, equivocándose en el cálculo de lo que ahora pesaba el aire en su pecho y entre sus piernas. Se despertó, si es que estaba dormida, y vio que la niña estaba en su capazo y a su izquierda un hombre con otras manos, un gigante, un Gulliver secuestrado junto a ella. Quiso desatarlo, decirle que huyera, que no debía quedarse allí, que no iban a ser nada parecido a felices, que ya se había estropeado todo, que hasta lo odiaba un poco cuando lo veía así, plácido y torpe sin saber. Cuando le pareció que abría un ojo, le explicó que esa tarde en la ducha y también después había aprendido un idioma nuevo, entre el hambre y la ternura, y que por fin había entendido qué era eso del amor o lo que no era el amor para ella.

Él la miró vacío, los ojos sin pupilas y se quedó dormido de nuevo, si es que en algún momento no lo había estado.

La boca del lobo

Cruza la rotonda en cuarta. Ya debería ver algo, se ha quedado ciega o aquí no hay ninguna ciudad tras esta lluvia violenta. El punto rojo a cinco minutos. Se acaba la carretera, continúa por un camino de gravilla, una serpiente rugosa. Se mete por la boca y la serpiente la traga, la traga y convulsiona. La tierra es negra, el cielo es negro, un negro menos tupido que el de los árboles, que van apareciendo como ánimas errantes. Todo se funde con ella dentro en una misma masa oscura sin forma ni final. Cree que está a punto de desaparecer en esa sombra cuando oye unos ladridos al fondo que la orientan; las bestias ya no le dan miedo.

Dos perros, o quizás tres. Una luz pobre aparece, ilumina un montón de ladrillos, una construcción a medio camino entre una caseta de aperos grande y una casucha pequeña.

Apaga el motor, él ya la ha oído llegar y la puerta se

abre. Es una sombra menuda y con capucha. Llega a la ventanilla, se está mojando, y la apremia para que salga del coche y entre. Siempre en deuda, siente que el agua lo purifica, y que, con esos segundos bajo la lluvia y el frío ya está pagando con creces lo que ha hecho mal antes y mucho antes. No le adivina la cara, qué pensará de una mujer que ha ido hasta allí a qué. Se lo pregunta. Debes de estar loca.

Baja del coche, dos perros viejos con manchas siguen ladrando, ladrándole. Los mira a los ojos, lo ha visto hacer, pero ellos no deben ser capaces de vérselos, los ha dejado en la carretera oscura. Un cachorro se acerca a ella sin buscar pelea. Le pregunta por su nombre, es para vender.

Entra en la casa tras él, y el temor que asomaba se apacigua con el olor a limpio, el salón ordenado y las fotos de su hija en la pared. Él se quita la capucha y ella calcula que ha adelgazado quince kilos desde que se hizo las fotos que le envió. Es un yonqui. Lejos de aterrarle, la idea la tranquiliza: solo es un yonqui, uno joven, un neófito con primeros estragos en la piel y en el cuerpo, la sonrisa intacta todavía.

Hay una escopeta apoyada en un rincón. Para la caza menor, aclara él, solo conejos y codornices.

El padre de ella también tenía una escopeta que después vendió. Recuerda los domingos de campo y la noche en la que se la enseñó al vecino de enfrente, el que se abría el albornoz.

mi padre lo dejó cuando se convirtió en una actividad de lujo

Busca su voz. Él le aclara que nada de cotos, solo dispara a lo que se acerca a su casa o la sobrevuela.

Ella va al baño, en el espejo impecable encuentra por fin sus ojos negros, redondos y muertos. Le enternece pensar que ha limpiado porque ella venía. Examina los cajones y muebles, quiere saber lo que consume. No encuentra nada. En la papelera, el envoltorio de un preservativo. Busca un hotel cercano por si decide irse, por si encuentra dentro de esa cosa del espejo algo de la mujer que debería ser. Le manda la ubicación a una amiga que intentó disuadirla. Le cuenta que es más fuerte que él, que el baño está muy limpio, que no cree que muera esta noche.

Desde siempre cruzándose con drogadictos, viviendo al lado, estudiando en la escuela con ellos, teniéndoles un miedo abstracto que nunca se materializó en nada. Ahora los piensa con ternura, siempre tristes, débiles, alertas, esperando unos momentos de paz, entregando su reino por esos minutos. No se siente tan lejos ya. Quiere saber qué se mete. Nada, solo le da a los canutos. Le enseña los brazos y las piernas, ni un pinchazo, perdió peso por estrés. Ella lo cree, no puede hacer otra cosa, esta noche esta es su parroquia, la única abierta y que la acoge a estas horas. También le cuenta que perdió a su mujer, la custodia y el trabajo. Él le trae una cerveza mientras fuma. Uno. Dos.

Le da vergüenza que lo mire a los ojos, eso dice. Ella vino para eso, él no sabe que debe cumplir una misión. Sigue hablando de su separación, de las mentiras que su mujer inventó sobre él. Que se calle, quiere que se calle o no podrá seguir con esto. Elige creer que es un simple yonqui que vive retirado de la civilización con sus mascotas, y al que los vecinos y su familia echan una mano. Mejor un desgraciado al que tener lástima que un violento al que detestar. Puede soportar que esto sea un desastre, un esperpento, pero no que no sea nada. Ya no soporta los vacíos, los casi de los que están hechos sus pasillos blancos. Por eso se acerca y lo besa, se concentra en la sonrisa que aún conserva. Eso le basta.

Él se quita la sudadera con intención de seguir desnudándose. De nuevo el pájaro en su garganta, pío pío. Ella le dice que está cansada del viaje, que dormiría un rato primero. Hay en ese primero un acuerdo, porque ella nunca pide nada sin ofrecer algo a cambio. Le da un después, una promesa velada, el precio acordado tras horas de negociación por chat. Él le pregunta si, al menos, le deja que la coma. Así se lo pide, «déjame que te coma». Ella no encuentra ninguna objeción que ponerle, nunca las encuentra, están en una zona de su cabeza que domesticó a base de obediencia. Aprendió a no ser causa de conflicto, menos aún si se trataba de algo tan insignificante como su cuerpo. Poner objeciones la agota mucho más que ceder, hace ya tiempo que prefiere la inercia. Al no negarse solo tiene que quedarse quieta, tal y como está en el sofá, subir las piernas, ofrecer un pequeño trozo de su carne. Él se afana, no hay técnica, su pequeña cabeza no está en ninguna otra parte, no hay nada en sus ojos más que hambre, está allí todo él entre sus piernas. A cambio de ese trozo ella ha obtenido a una persona entera, eso casi la excita, pero la tormenta va a levantar la casa de sus cimientos, los perros ladran, se quejan, y solo puede pensar en que los deje entrar,

por favor

Pero no, no son perros domésticos, solo son perros de caza, para eso los cría, no saben comportarse entre paredes.

Apenas se queda dormida entre el ladrido de los más viejos, los truenos y el quejido del cachorro y, antes de que haya amanecido y de que él despierte, ya se ha ido.

En el coche elimina el chat, desaparece sin rastro, él solo podrá retener un nombre de pila que olvidará rápido, una ciudad y un rostro de ojos muertos que confundirá con otros. Ella, en cambio, se lleva algo más. En el asiento de atrás jadea *Eva,* ha bautizado al cachorro, le ha regalado su nombre, lo compartirán; y en el maletero y con forma de escopeta vibra la fantasía automática de unos tiros.

Unos tiros

Eva parece inquieta, no deja de mover el rabo. El paisaje también, el sol acecha tras las puntas del horizonte. Nunca ha tenido perra, nunca ha cuidado de nada, es una madre inepta, prescindible desde que dejó la lactancia. Ahora cualquiera podría alimentar a su hija. Es la madre que la deja llorando en la guardería y la madre que quemó el nido antes de que su pajarillo supiera volar. Solo espera que la cachorra sepa ser mascota y que pueda adiestrar a su dueña. Aprender primero a ser dueña para después aprender a ser madre. Ensayar los cuidados con una vida más salvaje, menos delicada, una criatura siempre hambrienta de mimos, carne y aire libre, pero que ya sabe defenderse y morder. También parece que sabe pedirle lo que necesita, la nota nerviosa, así que coge un desvío y se para en un carril. A las dos les urge aliviarse.

La perra termina y la devuelve al coche. Ella, todavía llena, abre el maletero y coge la escopeta. Está fría.

Vislumbra de nuevo a su padre en el asiento de atrás. Quiere preguntarle

papá, cómo era, me fijé, pero no me lo explicaste, tanta matemática y nunca me enseñaste a acoplarme un arma al hombro, a observar un pájaro en vuelo, adelantarme a su aleteo, disparar a un punto donde no hay nada, confiando en que el pájaro acudirá a mi bala, y verlo caer

Si su padre le hubiese enseñado a cazar puede que ella todavía mantuviera las plumas y el pescuezo firme. Lo va a intentar, imita los movimientos que recuerda haber visto y apoya la escopeta contra la clavícula. Acerca su ojo bueno a la mira, sin saber qué busca, algo con vida o algo bello, un trozo de corcho que sobrevivió a la última saca.

Aprieta el gatillo.

Nada.

La escopeta no está cargada, pero algo ha disparado; el ruido sordo ha sonado a venganza, al chat sin respuesta del hombre tumor, al silencio. Toda esa nada propulsada e impactando contra la corteza mutilada de un alcornoque.

Vuelven a la carretera, la peluda y ella. Ya sin el arma.

El resto del camino lo pasa inventando la historia que contará a su madre. Tendrá que explicarle qué hace apareciendo en su casa con una boca más. Dónde estuvo, de dónde la sacó. Dijo que dormiría fuera, que tenía trabajo en otra ciudad. Tantas ganas de hacerse mayor, de irse de casa dando un portazo, para volver así. Cavar con una cucharita un túnel para huir y volver a la celda por el mismo agujero, por el que ahora no cabe. Solo iban a ser unas semanas hasta encontrar algo digno, pero ella no sabe qué es eso, dónde se busca, cómo. Ahora dignidad es una palabra que se le hace ajena, fue la primera que borró de su nuevo diccionario.

La oportunidad

La perra va dormida, en algún bache protesta un poco, no sabe llorar todavía, también a su hija le costó aprender. El llanto como señal de salud. Ella había escuchado las quejas universales sobre el llanto y el cansancio, pero no sobre el silencio, y en aquellos días todo había sido silencio. En la noche, cuando la bebé dormía, no podía agarrarse a ningún ruido y no encontraba nada dentro de sí misma, una piedra por cabeza. El silencio la aterraba y solo se sentía capaz de mirar lunática el pecho de la niña, acercar el oído a su nariz y buscar su vida, flojita, muy leve todavía.

El padre cada vez comía fuera más a menudo y ella cada vez comía menos. Pero su cuerpo sin enterarse, luchando por significar algo, por tener un sentido, frío o calor, pidiendo que lo tocaran, que lo hicieran explotar de vez en cuando.

Había buscado los ojos amarillos en el mar de imágenes y contactos del teléfono de su marido. Aparecía en algunas fotos con su antiguo flequillo y también con su nuevo aspecto que lo hacía un poco más suyo, de ella. Ahí todavía un sentido de la dignidad. Estaba convencida de que él era algo que le había pasado, un accidente inevitable, despistada en mitad de la carretera. Él no frenó a tiempo y ella no se retiró. Unos minutos en que chocaron, una hemorragia controlable, un hematoma temporal que desaparecería y del que incluso le costaría recordar la forma y el color.

Pero su hija ya no era un bebé y ella estaba dejando de ser solo una madre. Tampoco era la mujer de antes. ¿Qué era ahora? ¿Y cómo se era eso nuevo?

Ya no había tanto cambio de pañal ni excusas para demasiadas coladas. Si no hacía algo pronto, la comunidad podría reclamar su vida por inútil y servirla de pasto a alguna estadística hasta que la administración la borrara por completo.

Tomó el control de su cuerpo, no más leche ni batas. Volvió a lo eficaz, al trabajo, lo hacía desde casa. Era lo mejor. La niña dormía. En el descanso del desayuno la levantaba, la llevaba a la guardería y ponía el lavavajillas. Era lo mejor. En la siguiente pausa ordenaba la casa y sacaba la comida. En la hora del almuerzo se duchaba, si estaba muy estresada se masturbaba, aunque a veces lo hacía entre informes y reuniones, pero siempre, siempre, le daba tiempo a recoger en hora a la niña.

Poco a poco cogió ritmo, se engrasó, volvió a ser

una maquinaria perfecta. Era mucho más que una mujer, casi más que un hombre. Su jefe quería verla, uno de ellos. Claro, sí.

Siempre tuvo jefes y siempre dijo que sí.

Tuvo un jefe que la recogía en su descapotable, era mejor que ir en autobús, ¿a que sí? Los días de sol se quitaba la camisa, no tenía nada de malo que le gustara broncearse, que sacara naranjas de la guantera y les arrancara la piel con las manos, ¿quieres una?

Tuvo un jefe que cerraba la puerta del despacho y le pedía que le arreglara el nudo de la corbata, seguro que ella sabía hacerlo mejor.

Un jefe que la presentaba y esperaba la sonrisa cómplice del de enfrente, ¿eres nueva?

Jefes que ni siquiera eran jefes, pero que supervisaban su trabajo, ella sabría valorar sus opiniones, trabajar en equipo.

Jefes y jefes, jóvenes o al borde de la jubilación, calvos o *fitness*, tartamudos o charlatanes, jefes fríos o cercanos, psicóticos todos en mayor o menor medida, temerosos ante su presencia. Qué hacía ella allí, qué quería, qué estaba dispuesta a hacer para lograr un puesto, «su puesto». Todos conocían casos, muchos casos.

Llegó a la oficina. No tenía ni idea de lo que quería aquel jefe. Saludó a los compañeros con los que se cruzó. ¿No se había enterado? Le habían quitado el cargo a otro de los jefes, un cargo menor. Nadie se lo explicaba. Era un buen tipo.

Subió al despacho. Era el jefe de su jefe y le aclaró que debía entender que era una apuesta personal, una decisión impopular. Iban a confiar en ella, era una gran oportunidad, había compañeros preparados, muy preparados y con una larga trayectoria, seguro que mucho más que la suya, estaba seguro. Siendo honesto, honesto, se hacía cargo de los espantosos datos de paridad que los perseguían y que hacían parecer a aquella empresa algo que, sin duda, no era. Se había llegado a aquella situación de forma natural y no se podían forzar las cosas. Este puesto se lo había ganado, no estaba diciendo lo contrario, ella entendía lo que quería decir, ¿verdad?

No había firmado el nuevo contrato cuando la noticia ya había caído como una bomba de napalm. El compañero al que le tocaba el puesto por sucesión legítima, al que se lo robó, se tuvo que ir indispuesto a casa. Su mirada, no había visto nada así, su mirada. Fue la primera vez que vislumbró una lágrima masculina en una oficina. Hasta entonces había visto ira, mucha, gritos, muchos, insultos, golpes en la mesa, folios volando, carpetas contra el suelo, portazos, alguna decepción, pero no esa gota que sin duda solo podría haber provocado ella y ningún otro compañero más, porque él habría entendido que fuera Javier o Luis. Él eso lo habría entendido.

Oportunidad, apuesta personal, confianza y siendo honesto eran palabras que ahora significaban exactamente lo contrario y que no la dejaban disfrutar de este momento para el que se había preparado. Sus diplomas, certificados y resultados no formaban parte del éxito. El éxito era un lenguaje de los otros, para ella solo un peso en la columna vertebral. Salió del despacho con los pasos lentos de una protagonista francesa en el papel de heroína suicida y un zoom sobre su nuca que mostraría cada uno de sus movimientos en una pantalla gigante. Ya siempre al borde del fracaso.

Jamás se habría planteado que alguien como ella, una simple trabajadora, pudiera decir no a un jefe, a este préstamo de fantasía que le ofrecían a pesar del estudio de riesgos. Un préstamo que, sin duda, le saldría caro.

La que menos

Nunca había tenido una jefa, no sabía serlo. Solo podía imitar a un jefe. Ir más a la oficina, utilizar el lenguaje de ellos en los pasillos, carrera, liderazgo, contactos. Sonreír menos, vestir serio, hablar de las cosas importantes, dejar a la niña más horas en la guardería, o que se encargara su mujer. La mejor opción es que su mujer se redujera la jornada, que se pillara una excedencia. Si no tenía mujer, podía alquilar una o varias por horas, que se encargaran de la casa, de la niña, de sus calzoncillos. Le podían pasar contactos. Ahora le tocaba pensar en su carrera.

Aprendía rápido. Se mostraba segura, daba la mano con firmeza y cuando hablaba en público casi ni notaban que se le cortaba la voz.

Su cuerpo ya en otras ocupaciones, funcionando correctamente, el delirio del laberinto controlado, el amor en el hogar y el deseo en el cuerpo debido, cuando un lunes, un lunes como tantos, exactamente a las diez y treinta y siete de la mañana, recibió un mensaje. Era él. Solo decía «Tu boca». Tu boca.

De nuevo, ella con cuatro años en el sofá, un libro en la mesa con la portada roja, el dibujo de una niña con capucha y un lobo. Su padre había pasado el dedo por encima lentamente muchas veces mientras repetía los mismos sonidos. De repente entendió que las palabras de su padre estaban ahí, en esa portada. Que las voces se podían atrapar y se podían escuchar por dentro después. En ese instante, junto a la ventana y al verano, alcanzada por un haz luminoso entendió que roja se escribía roja y que esas cuatro letras significaban que la caperuza era de color rojo. Corrió hacia un espejo, repitió *roja, roja, roja* y no solo vio el color al decirlo, vio las letras, vio la palabra. Después,

mamá, cómo se escribe mi nombre

La madre cogió un lápiz y un papel, se sentó y se esforzó en cada símbolo. E, v, a. Lo pronunció lento, la letra *e* formó una sonrisa en sus labios, *va* imitó un beso.

Ahí nació, esa era la fecha exacta, ese es el primer recuerdo nítido de su existencia, porque hasta entonces las imágenes se le escapaban, pero cuando tuvo las palabras aprendió a retenerlas. Sus recuerdos son pies de fotos, si no los traduce en palabras, si no los escribe de algún modo, no los recuerda. Y ahora recibía ese mensaje: «Tu boca». De nuevo la ventana, el verano, el haz de luz queriendo que entendiera algo que no conseguía entender, sentando las bases de su nuevo lenguaje. Roja. Eva. Tu boca.

Qué significaba aquello. Tu boca no era una pregunta, no esperaba respuesta. Solo eran dos palabras resbaladizas que bajaron directas desde los ojos a las tripas. Tuvo ganas de orinar. Se sentó en el baño de la oficina y se mordió las uñas. Buscó en sus notas del teléfono las cosas que en algún momento había querido decirle. No encontró ninguna en el mismo idioma, sin verbos, sin acción. Cómo comunicarse con un lenguaje así, que no dijera nada sobre ella, un lenguaje que ocultara lo que realmente quería decirle, a esas alturas, inconfesable.

Mientras esperaba más mensajes con los que descifrar su código, madrugaba, iba al trabajo, asistía a reuniones, conocía a personas, hombres, decenas de ellos. Los estudiaba. No lograba entender por qué él había entrado en alguna zona detrás de los ojos, aunque no quería romper el hechizo, tampoco sabía cómo.

Su jefe con el dobladillo del abrigo descosido, el pelo grasiento, caminando orgulloso, ocupando el pasillo, bien estirado, que todos lo vieran. Se colocó frente a su mesa, miró el altar que colgaba en su pared, recortes y fotos de mujeres a las que admiraba, sus únicas compañeras. Él sonrió, mmm, y después le pidió, no, no le pidió, después le anunció que iban a tomar un café.

Le dijo no somos tan distintos, le dijo te he buscado en las redes, tenemos los mismos gustos, no somos tan distintos. Le dijo quiero ayudarte, no eras mi elección, no te voy a mentir. Le dijo me parecía más justo que el responsable fuera el que más cobra del equipo y no la que menos. La que menos. Quiero ayudarte, aunque ahora mismo no podemos hacer nada, ya lo sabes.

La que menos. Acudió a la reunión que tenía después algo despistada. Contó quince hombres. La que menos. Se presentó a todos, les dio la mano. Alguno que la conocía se adelantó a darle dos besos. Creyó reconocer a otro, él le contestó que no, que se acordaría de ella. Se preguntó cuánto ganaba cada uno, con sus trajes y sus corbatas elegantes en aquella refinada sala de dirección. La que menos. También se preguntó si era cierto el rumor de que, en el despacho contiguo a la sala, el director general se había hecho poner una cama y una ducha.

Conducir una moto

La radio del coche anuncia que son las nueve de la mañana. Debería parar a tomar un café, pero no sabe qué hacer con la perra. De todos modos, calcula que llegará en una media hora. Es sábado, ni siquiera hay camiones por la carretera.

Nunca le han gustado mucho los sábados, de pequeña los odiaba, sus padres tenían más tiempo para el drama, podían iniciar una discusión y alimentarla todo el día con despechos del pasado, retorcerla, matarla y reavivarla una vez entrada la noche.

También ella fabricó su propio sábado fatal hace unos meses. Eran las ocho, no había que madrugar, incluso la niña dormía, pero la despertó una alarma interior: era el día del cumpleaños de su padre muerto, el primero desde que falleció.

Su familia nunca había celebrado el cumpleaños de su padre, tampoco el de los demás. Antes de la muerte ni siquiera ella sabía el día exacto, pero desde que murió había tenido que escribir esa fecha un millón de veces en cada solicitud, en cada baja, en cada documento que acompaña a la desaparición de una persona del sistema. A partir de entonces, la fecha de nacimiento y el DNI de su padre se convirtieron en los preferentes al completar cualquier formulario en su ordenador. No sabría decir en qué momento los datos de su padre suplantaron a los suyos.

Los datos también se grabaron en un lugar especial de su mente, y aquella mañana se despertó muy consciente del día que era. Una imagen vino a su cabeza, una foto de cuando él era joven, vestido de militar sobre una moto. Desde la cama decidió que ese día aprendería a conducir la moto que había comprado con su marido unos años atrás. Toda decisión común había sido tomada hacía ya varios años. El resto fue mantenimiento.

Su marido quiso hacer el amor, pero ella no sentía el cuerpo, no tenía brazos ni piernas, ni cara ni sexo. Estaba poseída por una energía liviana e infinita, así debía de sentirse alguien al borde de la muerte, una muerte, la de su padre o la suya propia, que se le presentaba como una tapia enorme que daba sombra a todo lo demás. Esa mañana cayó de la cama directamente al borde de la tapia.

Afuera nada nuevo, no era un día especial, en el cielo cruzaron los patos en uve hacia el sur. Le preguntó a su marido cómo se conducía la moto. Se subió y la arrancó, pesaba más de lo que creía. Siempre tuvo miedo de montarse, pero no era un miedo propio, era el miedo de otros. Le repetían que no había más que ver los estragos de su despiste en el coche; en la moto la carrocería sería ella. Pero a ella le parecía justo ser el chasis, pagar en carne y huesos propios los errores y descuidos, dejar de protegerse tras la chapa y el cristal.

Su hija miró hacia el final del camino y se puso a llorar. Pequeña bruja, qué miraba, qué veía. Consiguió que se bajara de la moto, se había vuelto supersticiosa.

Ya que no iba a conducir ni a volar hacia el sur, decidió beber vino, al fin y al cabo, estaba de celebración.

cumpleaños feliz, cumpleaños feliz

Su hija borracha como ella, las dos dando tumbos con las caderas a un lado y al otro, dejándose caer cada pocos metros. Las dos aprendiendo a andar, a reírse y a llorar. Las dos saltando sobre la cama, rodando por el suelo y cogiendo margaritas que pusieron en una foto del difunto que encontró.

Lo quería más muerto que vivo, ya no había despecho, no había nada que arreglar, no cabía esperanza ni ansiedad, que acaso son lo mismo. Ya no necesitaba que la quisiera o que se preocupara, no esperaba nada de él. Por eso se quiere más a los muertos, a las criaturas, a los amantes, a todo ser irresponsable. La niña le daba besos a la foto y miraba a un punto fijo donde la madre supuso que se le estaba apareciendo. Le dijo a su padre que no hiciera eso, también le dijo

te quiero

Quizás por primera vez, aparte de las tarjetitas que le hacían dibujar en el colegio por el día del padre y que todavía estaban guardadas en algún cajón. Recordó el día en el que su padre le había dicho que la quería, fue el mismo sábado que lo vio llorar por primera vez, la misma tarde en la que le vio sacar una pierna por fuera de la barandilla de la terraza. Ese día que fue la fecha de su primera muerte. Ese día en el que ella empezó a llorar a su padre porque le vio medio cuerpo fuera, medio cuerpo a punto de volar y estrellarse contra el suelo. Media muerte ya era suya, pero su padre no consiguió atraparla ahí, se le escapó porque la miró, ella con el vestidito del delantal azul, inmóvil, sin respirar, esperando a ver qué mitad ganaba.

No ganó ninguna.

Tras la celebración, la niña cayó rendida y ella se subió de nuevo en la moto. ¿Hacia qué lado caería su cuerpo? La muerte de su padre había hecho que perdiera el equilibrio. Intentar ser la persona que debía ser frente a sus ojos la mantuvo creciendo derechita hacia arriba, un naranjito con su autoridad de madera atada a un lado. Pero con los años se había convertido en un tronco ancho con anillos que marcaban las épocas de sequía y los incendios por los que había pasado. Ahora tenía ramas, algunas soñadoras que podaba cada cierto tiempo, y unas raíces ya agotadas de buscar un manantial que no encontraban, unas raíces que olían a podrido. Sobre la moto, vio a su marido mirarla con su propio vestidito de delantal azul y también ella, como hizo su padre aquel día, le dijo que lo quería.

Estaba preocupado, qué le pasaba. Entonces ella le contó, entre lágrimas y como si acabara de saberlo, que su padre, que una vez la quiso como nadie y que estaba hecho del mismo material que ella, había muerto. Él comprendió, necesitaba desahogarse. No, no entendía que no había desahogo posible. Estaba tan borracha y cansada que no hizo falta que se cayera de la moto para resquebrajarse. Se rompió y dentro había dolor, un dolor agradable, con regusto a amor, a melancolía. Lloraba por su padre y lloraba por la niña que, en algún momento y sin saber por qué, lo había perdido también. Lloraba por su cadáver vivo en el sofá, y comenzó a llorar por otro cadáver que vio entonces tan claro entre su marido y ella.

Ese día, finalmente, no aprendió a conducir ninguna moto, pero cuando llegó la noche acabó con el miedo, con su futuro y con su matrimonio.

Un día tan bueno como cualquiera

Algo en ella se había abierto o se había abierto más, sintió el crujido de la armadura de la que estuviera hecha y cómo se le escapaba por la boca, por la nariz y por los ojos una naturaleza que contenía, más grande y más sombría. Se rio, ahora todo lo demás le parecía liviano e insignificante, ninguno de sus pecados o traiciones le resultaba inconfesable, así que confesó. Ninguna de las consecuencias se le hacía insufrible, y asumió los efectos. No solo es que no fuera feliz, le dijo que quería dejar de intentarlo, quería sentir paz, la única que conocía, la de una anciana en el corredor de la muerte que elige sus rutinas entre muros frente a una libertad ajena y soñada por otros.

Ambos, su marido y ella, siempre habían bromeado con el hecho de que sería él quien, llegado el momento, la dejaría. Sería él quien tomaría la decisión sensata, como el resto de las decisiones importantes a lo largo de los años. Pero le tuvo que reconocer, bastante convencido, que aquel día era tan bueno para destrozarlo todo como cualquier otro dentro de tres meses o de treinta años, el tiempo que tardara en desintegrarse aquello que los mantenía atados.

Esa noche, tras muchos años en los que no lo habían hecho, durmieron abrazados, y por la mañana mantuvieron la decisión tomada bajo los efectos del alcohol de la velada anterior, porque tampoco la muerte por hipotermia se debe certificar hasta que se recupera la temperatura del paciente y se comprueba que sigue muerto. En la nieve, solo cuando alguien está tibio y muerto se le da definitivamente por muerto.

Aun así, Jesucristo, las avispas y la resurrección. De pequeña, cuando una avispa caía en la piscina y se ahogaba, la rescataba y la sepultaba bajo un poco de tierra. Pasado un rato soplaba sobre la tumbita hasta descubrir de nuevo el cuerpo amarillo, y cuando lo recuerda jura que pudo ver cómo resucitaban, al menos, dos. Por eso tardó una semana más en marcharse de casa. De su casa. De la de él.

La última noche antes de irse vio una película. Fue extraño ser consciente de que era la última noche, hasta ese momento nunca había tenido la certeza de cuándo algo, que sucedía cada día, ocurría por última vez. El último beso, abrazo o mensaje siempre se presentaba como el resto, un caballo de Troya que no revelaba su naturaleza hasta mucho tiempo después. Sin embargo, la muerte parecía haber introducido puntos finales a sus escenas. La película que vio trataba sobre la investigación de un asesinato. Uno de los personajes era una alcohólica que creía haber atropellado a la malograda Sheila, pero la mujer llevaba años traumatizada por la culpa de un asesinato que no había cometido. Fue su propio marido quien la había asesinado unos minutos antes. Ella solo pasó con el coche por encima del cadáver.

Desde el sofá y mientras apuraba una botella de tinto, ella se preguntó quién había atropellado a quién en su matrimonio.

Las señales

A la ida no se había fijado en las señales de la autovía, todo era noche. Ahora en la mañana sí las ve, unas tras otras anuncian el peligro por el cruce de un ciervo. Ha escuchado cientos de historias de alguien que atropelló a un perro, a una liebre o a un niño, pero nunca la de un afortunado que se topara en estas tierras con un majestuoso venado mientras huía de la pelea o iba en su busca.

De qué servían las señales, qué podía hacer una simple persona si una bestia ciega en plena berrea caía sobre el coche.

No sabe si en su matrimonio hubo señales de peligro que no vio ni si hubieran servido de algo, pero se había acabado y en una tarde desapareció del dulce hogar. No debían comunicarlo a los amigos hasta que lo supiera la familia. En la gran casa blanca cuando se hablaba de la familia se referían a la de él. Ella todavía tenía una madre y tenía un hermano, pero no cualquier terna forma una familia. Era necesario que se hubieran cultivado lealtades y compromisos, dependencias emocionales entre los miembros, pero ellos tres habían deshecho todo el trabajo, día a día, con desidia, reproche a reproche, puede que como único acto de rebeldía contra el patriarca que una vez soñó con formar una familia ejemplar.

A última hora de la tarde y desde el taxi, dejó atrás el escenario cuadriculado de casas blancas. Sabía que era un momento significativo, el final de algo importante. Quiso llorar, bien lo valía la historia que acababa con ese trayecto, pero no pudo y se limitó a posar su mano en la ventanilla, como había visto en tantas escenas, aunque a ella nadie la miraba.

Se bajó del taxi en la entrada de su antiguo barrio, llevaba una mochila con lo justo, ni siquiera había avisado a su madre de que dormiría en su casa. Cómo contestar la gran pregunta, ese por qué.

Caminó por las calles, siempre desconocidas, como si fuera la primera vez, porque ella no había ejercitado la nostalgia, se deshizo de ella, no era útil para huir, para salir de allí. Procuraba no mirar al pasado, no estaba tan lejos como para que dejara de doler. Y aunque a veces se presentaba frente a ella, casi siempre conseguía esquivarlo.

Sin embargo, reconoció el tono amarillento y sucio de las luces, y debajo la ausencia de los bancos donde antes se sentaba. Ahora había un grupo de jóvenes en el suelo en torno a una litrona de cerveza que se pasaban unos a otros, caliente y desgraciada, de boca en boca provocando risas.

Los comercios ya cerrados, con los toldos que se columpiaban raídos y los letreros que envejecían mellados y en color sepia como esquelas; costaba distinguir si las rejas estaban bajadas por la hora o de forma permanente.

Una luz petulante señalaba, sobre el resto, el local donde estaba el antiguo videoclub. Ahora las mismas paredes acogían unas máquinas expendedoras cuyos colores la atrajeron, quería retrasar su llegada al destino. Sintió la necesidad de tomarse un café allí mismo, introducir unas monedas, pulsar un botón y esperar paciente a que el vaso de cartón se llenara. Tres jóvenes entraron en el local, a esa hora de la noche solo los jóvenes andan sueltos por las calles. Los niños y los adultos ya estaban recogidos, preparando la jornada siguiente. Los adolescentes, sin embargo, continuaban estirando el día que les había sabido a poco, queriendo encontrar todavía algo nuevo, una sensación con la que llegar a su escondite en casa, sobre la que soportar la decepción de sus padres, la cena mustia, la serie en la televisión. Buscaban alguna cosa que mereciera la pena, lo que pudieran comprar con la calderilla que resistía en el bolsillo. Ella apoyada con su café en el rincón mugriento, mirando el móvil, leyendo un mensaje de su marido, pensando en cómo responderle, pensando en qué contarle a su madre. Los jóvenes frente a la máquina que despachaba condones, lubricantes, incluso un arnés, opciones de placer a todo color y a unos golpes de monedas. Bromearon sobre qué a quién. Una chica susurró que iban a ofender a la señora y le pidió disculpas en nombre de su amigo. Se miró a sí misma, todavía debía llevar el olor a barrio distinguido en el almidón de la camisa o en el espray del pelo. La chica iba maquillada como habría visto en algún tutorial, las facciones de una muñeca anime dibujadas sobre su rostro, arte efímero que debería borrar esa misma noche. Ella esbozó el único trozo de sonrisa que le quedaba, un poco ladeada y tras un último sorbo siguió su camino.

No era la última en llegar al barrio, un par de coches rondaban como ella, buscando un hueco donde descansar hasta la mañana siguiente. También el esqueleto de lo que alguna vez fue un señor caminaba delante de ella hablando solo, pero no a sí mismo. Lo hacía de forma violenta, supuso que a un espíritu que lo acompañaba a la muerte, sin duda, cercana. Por las ventanas se escapaba alguna discusión. No se oían bebés, aquí todo había envejecido, incluso los árboles se estaban muriendo solos. Ya en el último callejón se cruzó con más gatos que personas, también ellos parecían aburridos de los mismos muros.

Cuando llegó a su portal miró hacia arriba, había luz en la cocina. Imaginó a su madre viendo la televisión pequeña. Es una mujer a la que ya solo le interesan las vidas de las personas que salen en la tele y los prospectos médicos. Su hija no es más que un fantasma para ella, uno bastante desagradable que la hace sentir mal y que en el fondo preferiría no ver. Verla es el precio que debe pagar por estar con su nieta. Incluso hasta que la nieta no salió de su cuerpo no le despertó ningún afecto. Con su hija embarazada, jamás le preguntó por el sexo del bebé ni por el nombre. Supo que nació una niña el mismo día del parto. El arduo entrenamiento para el desafecto al que había sido sometida hizo que ella no percibiera ese gran agujero, porque la ausencia de lo que nunca se ha tenido no se siente en el propio cuerpo. Una solo se pregunta por su propio hueco cuando no lo ve en las otras personas, en las demás embarazadas acompañadas por las futuras abuelas durante las ecografías, o en las tiendas blancas decoradas con lunas y ositos.

Tenía llave, pero no quería asustar a su madre y llamó al portero. Nadie le contestó. Finalmente, ella misma abrió la cancela y subió al tercero sin ascensor. Escuchó el programa de noticias desde fuera y llamó al timbre que nunca había funcionado. Golpeó la puerta con los nudillos hasta que, al fin, sintió los pasos y vio cómo el pequeño ojo de la mirilla se iluminó para volverse a apagar, justo antes de que la casa se abriera.

La madre lo sabía, sabía que esto pasaría, estaba segura de que ese hombre había encontrado otra mujer, otra mujer mejor, quería decir. Ella se había descuidado, estaba más guapa con el pelo largo y teñido de rubio. Había conseguido algo que no le pertenecía y ahora lo había perdido, qué iba a hacer sola. Ella misma podía llamarlo, o mejor su hermano, una conversación de hombre a hombre. Estaba a tiempo de que se apiadara de ella, pero una madre que había salido de casa, dejando a su hija pequeña con el padre, dejando su propio hogar, aunque fuera por una noche, cómo perdonar algo semejante, cómo arreglarlo.

No le contestó a su madre, no le quedaba energía, pero no había nada que arreglar. No había una solución como el corsé que tuvo que llevar de niña, sus huesos ya eran incorregibles, nunca soldarían con el resto del esqueleto familiar. Eso la tranquilizaba, no tenía esperanza, no podía hacer nada por solucionarlo. Prefería andar todo el día encorvada y con muletas. Su madre debería ser la persona que mejor la entendiera, ella misma le forjó el interior con cemento para después probar la contención de sus muros, como la abuela habría hecho con ella y, probablemente, su bisabuela y toda la estirpe de mujeres sin mimos ni abrazos de la que provenían.

El cuadro

La perra ha debido asustar al fantasma de su padre, las alarmas del coche también se han apagado. Nada en el retrovisor ni en el salpicadero, y la ciudad, a lo lejos, ya visible.

Le había preguntado a su madre si también se le había aparecido el fantasma de su padre. De noche, le confesó, había visto su sombra pasear desde la habitación al baño,

pobre papá, muerto y todavía teniendo que ir al baño

Qué existencia esa. Hay un momento antes y después en la relación con un padre, y poco tiene que ver con que descubra que a su hija le ha bajado la regla, que tiene relaciones sexuales, o con que lo convierta en abuelo, con el primer manotazo que le da en la cabeza o con lo que sea que termina decepcionándolo. Nada de eso se interpone cuando la hija tiene que ayudarlo por primera vez a orinar en un bote.

Sus últimos meses giraron en torno a la orina. Su hija no se compadece, porque ¿en torno a qué gira ella?

La casa ahora se le hace extraña y siente curiosidad por cada cajón y cada esquina.

Apenas queda rastro de que ella naciera y viviera allí. Ha visitado casas de escritores que nacieron hace siglos y guardan objetos, muebles. En cambio, ella había sido borrada, apenas queda alguna foto cubierta de polvo enganchada por una esquinita entre la vitrina y el marco de un mueble.

Ha demostrado tener una gran capacidad para desaparecer. En sus trabajos, un correo de despedida. En su matrimonio, una furgoneta de mudanzas.

Ella hizo el cálculo, ¿en cuántas cajas cabría su vida? Ocupaba más de lo que pensaba, necesitó veinte cajas pequeñas, bien podría haberse ido sin nada, todo era sustituible, libros que no releería y ropa que ya no le gustaba. De nuevo una desaparición asombrosa, un gran número de magia. La mujer primero es cubierta con una sábana, una sin agujeritos, un fantasma sin ojos, después el mago da unas vueltas alrededor de ella, un poco de distracción con sonrisas, lentejuelas y pasos de baile, y cuando levanta la tela ¡bum!, ya se ha esfumado.

La mayoría de las cajas no las ha abierto, siguen apiladas formando un fuerte alrededor de la cama. El resto de la casa de su madre está enterrado bajo muebles y las paredes ya apenas soportan el peso de los óleos con bodegones que las cubren. Hubo un tiempo en el que a su padre le gustaba pintar. En la habitación del padre descansan apilados los lienzos que no fueron seleccionados para la exposición. Entre ellos, un retrato de ella niña que no recordaba. Sesión de espiritismo. El fantasma de su padre contándole algo. Ella atenta, sentada en la cama, queriendo revivirlo.

Tiene cuatro, cinco años. Está tumbada en el sofá viendo la tele, su padre pasa por el salón, pero no se sienta, así que puede terminar de ver el capítulo entero, le gusta el personaje de Milady, siempre aparece de noche, sola e inquietante. Cuando ya se está acabando, su padre la reclama desde la cocina. Su voz es un resorte para ella. Él le pide que se siente y cierra la puerta, le ha colocado una silla enfrente. La niña no sabe si ha hecho algo malo, cree que no y además no parece enfadado. A lo mejor va a volver a explicarle lo de las divisiones porque su padre quiere que, para cuando entre en el colegio, ya sepa más que los demás. Quiere que su hija vaya siempre por delante, la niña es su pequeño misil de combate contra la mediocridad que le rodea. Así la propulsa y la lanza lejos, en todo momento la niña debería estar en otro lugar, todo conocimiento que consigue alcanzar solo es una plataforma para el siguiente, nunca hay un logro en sí mismo, nunca hay un peldaño estable. La niña no ha posado un pie cuando ya debería estar saltando hacia delante.

Ahora la niña espera sentada a que su padre diga algo, que le señale la nueva meta, ya le mencionó algo de las raíces cuadradas, pero no, permanece callado mirándola. Entonces, coge un lienzo blanco que coloca sobre la encimera.

La va a pintar en un cuadro.

Ella no sabía que su padre pintaba. Coge un lápiz, uno normal de los amarillos y negros, y comienza a hacer trazos sobre la tela.

La luz de la cocina hace que se transparente un poco. El lienzo es grande y el dibujo de su cara tiene el tamaño de su cara real. Le da vergüenza que la mire tanto tiempo, solo la mira así cuando quiere que le cuente algo y cree que le ha mentido, a él lo intentan engañar todo el día y su trabajo es saber quién miente y quién dice la verdad. Pero ahora no espera nada de ella, solo tiene que estar sentada, quieta y callada.

Su padre la va a pintar con un gatito en los brazos y le hace sostener unos trapos de cocina como si fueran el animal. Cuando suelta el lápiz, la niña le pregunta si puede verlo. Se acerca nerviosa y no sabe qué pensar, ve borrones en lugar de pelo, unos círculos donde irá el gato y no hay nada más alrededor. Está ahí, blanca en mitad del blanco. Papá le explica que solo es un boceto. Ya se puede ir.

Va al salón y mira los demás cuadros, ahora entiende que los pintó su padre. Hay uno de su hermano con un perrito, otro de una mujer verdosa que llena una palangana de agua, y su favorito: un riachuelo en mitad del bosque donde se bañan unas mujeres desnudas, una de ellas abraza a un cisne gigante. La mujer se parece un poco a mamá,

¿esa eres tú?

Cómo va a ser ella, ese cuadro lo copió su padre de una postal.

¿y el de la mujer verdosa?

También.

En cambio, ahora su padre se inventa cosas cada día para que el cuadro sea mejor. La dibuja con un vestido rojo muy bonito que no tiene, y le pone un cuello de encaje. Su pelo es más claro en el cuadro, más rizado, con tirabuzones. También lleva un sombrero de paja con flores que a la niña le gustaría tener. Sus ojos los ha pintado verdes, mucho más verdes de lo que en realidad son, y no le pinta las ojeras. Pero es ella, es ella con miedo o triste en mitad de un paisaje amarillo. Tras de sí hay un camino largo, muy largo, que se pierde en un bosque oscuro, y no se ve a nadie más, solo una casucha vieja al fondo, donde debe vivir alguien porque hay un carrito lleno de paja apoyado en un muro. La niña sujeta contra su pecho a un gatito blanco de ojos verdes, más verdes que los suyos, que también parece asustado. Su padre ha hecho magia, los ha reducido a ella y al gatito y los ha encerrado ahí, y no sabe cómo salir.

Su padre observándola, viéndola de verdad por primera vez y ella existiendo, apareciéndose ante sus ojos. Otro nacimiento, esta vez a pinceladas en esa tela que ahora que es adulta la mira a los ojos.

Al día siguiente iban a hacerle una foto en la oficina, así que se planchó una camisa blanca. El fotógrafo la sentó en un taburete, le pidió que se girara un poco más a la derecha, que subiera la barbilla, le bajó el taburete, era muy alta, ¿cuánto mide? Le pidió que sonriera, ella no quería, pero él se quedó esperando a que levantara las comisuras y lo hizo.

El fotógrafo disparó una y otra vez hasta que ojeó el visor de la cámara y le dijo que ya se podía ir.

Una semana después le entregaron una credencial, el fotógrafo había elegido la foto en la que aparecía mostrando los colmillos. Desde ese día, así es como debía llevarse a sí misma colgada del cuello por la oficina.

La llamada

A lo lejos y delante ve que la ciudad despierta. El monte y el tipo sin haches ya han quedado atrás. También su matrimonio lo siente lejano. Había practicado el duelo anticipado, lo había llorado mientras veía cómo se moría un poco en cada riña vulgar, aquellas sobre una tarea doméstica a medio hacer o sobre quién había sido el último que bebió de la botella de agua fría y la dejó así, vacía.

Cuando se casó, cuando se mudaron a la casa, sintió, porque desde siempre ese era el final de la película, que había llegado a la casilla ganadora del juego, a un espacio seguro en el que poder quedarse de forma indefinida.

Todo era tranquilidad en el matrimonio y en la urbanización, ella ya no tenía que ir a buscarla los fines de semana o en vacaciones. Vivía en esa paz, pero sus pulmones añoraban la contaminación, sus ojos esperaban sombras en los callejones. Allí cruzaba sin miedo a ser atropellada y cuando salía de noche lo hacía sin temor, el miedo a los otros era imposible entre esas calles, porque le parecía estar sola en ese camposanto, esperando a que otros vinieran, dejaran flores y lloraran al leer su nombre sobre dos fechas.

Ahora debía rehacer su vida, eso decían. Esta casilla era una posada, un pozo, un castigo en el que permanecer el menor tiempo posible. La tarde en la que se fue de la casa abrió un paréntesis que no termina de cerrar, que ni siquiera sabe cómo se cierra.

En el barrio vuelve a sentir el miedo a los otros. En los jardines se forman tabernas improvisadas donde grupos de chicos bajan con sillas de playa, perros y cervezas. Las risas suelen dar lugar a alguna disputa; insultos y amenazas llegan como fuego cruzado a sus oídos. Así se hacen los hombres por aquí, mientras las madres intervienen desde sus ventanas. Nunca una desgracia mayor que esas ráfagas, jamás llegan a las manos, los rostros hirviendo y los nudillos tensos, un estado de furia que no llega a explotar contra ellos mismos. ¿Dónde lo hará?

En sus paseos, comenzó a recordar los callejones y edificios que había olvidado, que había tapiado ya:

el muro donde un niño la empujó y le chupó la boca porque le gustaba,

el portal donde un día apareció una caricatura en la que la llamaban fea, el rincón donde una chica que no conocía le dio un rodillazo entre las piernas simplemente porque una amiga la retó.

Había borrado todo aquello, los lugares y a las personas. Ahora reaprendía. Necesitaba que sus raíces, que había arrancado de cuajo varias veces, se agarraran a lo que encontraran y estabilizaran sus días. Había noches en las que abría la ventana para escuchar a los jóvenes reírse alrededor de la farola. Ya no esquivaba al loco que hablaba solo y que siempre mantenía la misma conversación cuando pasaba por delante de ella, incluso alguna tarde lo siguió hasta la esquina más allá de su portal con la esperanza de averiguar cómo acababa esa discusión fantasmal. A la luz del día, los comercios abrían, las vecinas de siempre: más ancianas, la mayoría viudas, el mismo peinado, ahora cano, sus batitas de flores, las bolsas de la compra, sus nietos de la mano. Podría decirse que felices. Comenzaba a sentir algo de paz.

Entonces, la llamada.

La niña en brazos, ya crecida, los cabellos de ambas enredados, la manita pringosa en la boca de la madre cuando sonó el teléfono. Era él. Fue escuchar su voz y saber que nunca hubo accidente ninguno, que estuvo esperando a que pasara para lanzarse desde el arcén, que si iba a desviarse de su camino usaría su propio cuerpo contra las ruedas. Le cuenta que se va de viaje, un par de noches fuera de casa, ella no entiende qué quiere. Que se vaya con él.

Cuando colgó la llamada supo que no debía hacer lo que le pedía. Pero toda su voz dentro del cuerpo, circulando rápida y enérgica, el páncreas colapsado, la visión borrosa, ciega de ambos ojos. Su padre se pinchaba insulina, ella sin nada que clavarse, solo las uñas de su hija. No podía ir, pero le era aún más imposible renunciar, caería enferma si no resolvía ese acertijo que tenía delante.

Encontró una excusa, la moldeó, la convirtió en necesaria y consiguió escaparse. Escapar ¿de qué? Esto era escapar hacia la trampa, huir de toda liberación. Sentía un vértigo que la hacía vomitar. Por un lado, sus dedos nerviosos buscando billetes de tren. Por otro, poniendo banderines rojos en su laberinto, señales que la debían obligar a enfilar el camino de vuelta.

Hasta la fecha del viaje apenas el cruce de unos mensajes. Ella quería leer en ellos, resignificar cada palabra, ganas, tiempo. Las palabras alimentaban su deseo y acallaban cualquier otro pensamiento.

Los días previos ni siquiera deseaba hablar demasiado con él, tenía la sensación de que su tono, casi siempre distante, podía hacerle llegar al encuentro con una frustración anticipada. No quería darle la oportunidad de que desmontara el laberinto antes de tiempo, no antes de que ella lo hubiera resuelto.

Maratón de baile

Llegó el día y se sentó en la estación a esperar a que apareciera el tren. Fueron unos minutos, ahora se arrepiente de no haber llegado antes porque, si lo piensa, fue el momento en que mejor se sintió, saboreando el encuentro inmediato, dispuesta a caer sin reservas en un lugar que no conocía, ese territorio de otros al que la había invitado. Un lugar que imaginó decorado para ella.

Se subió al tren, él iba en otro vagón y esperó a que viniera a buscarla, si lo hacía daba por compensado su esfuerzo. Todo estaría bien si él se levantaba de su sitio y cruzaba tres vagones para ir a su encuentro; setenta y cinco metros, ese era el precio. Y lo pagó.

Allí mismo, él dijo que estaban locos y ella tuvo la certeza de que no había manera de que aquello saliera bien, porque en el caso de que funcionara, qué papel le esperaba a ella. Volvió a pensar en aquel vaso llenándose en su cocina, en ese segundo en que se volvió sabiendo que él estaba allí esperándola, y en que más le hubiera valido hacerlo estallar en pedazos.

En el hotel, se dio una ducha nada más subir a la habitación. Había pensado minuciosamente la maleta, lo que se pondría al llegar, para cenar, para dormir. Eligió cada detalle a partir de la escasa información que había ido obteniendo sobre sus gustos. Su aspecto era el resultado de salida de una ecuación llena de incógnitas.

Se había excitado probándose lencería. Su deseo crecía si pensaba en el de él. Sabía que ella grabaría el momento con palabras y que él lo haría con imágenes.

También se nublaba pensando que en realidad a él le daba igual, que si ella no hubiera venido habría buscado otra acompañante. Aquel día en su casa él le había hablado de sus amantes anteriores. Habló de ellas sin reparo, con respeto, cierta nostalgia y también frialdad. Ella sonrió, no había vuelto a pensar en ello, pero ahora cada nombre le hacía pensar que quizás no quería venir con ella, que puede que simplemente no quisiera venir solo. Tan sencillo, tan lógico y doloroso. Intentaba huir de ese pensamiento, encontrar cierta ligereza, dónde estaba y de dónde surgía aquella vulnerabilidad. Quizás fue su hija con la carita azul, su vida empaquetada en cajas, o la muerte de su padre. Lo vivido había cargado de un significado más grave cada minuto en el que unos todavía no existían del todo y otros no lo harían nunca más. Encontraba más peso en cada momento en el que ella sí seguía respirando, lo hacía con unos pulmones y un corazón nuevos, unos brotes aún pequeños con los que apenas jadeaba suspiros.

Pero salió del baño y él paró con su lengua lenta el pensamiento envenenado. Ahora, en el centro del nudo que formaban, a ella le fue imposible imaginar que esa entrega fuera impersonal o intercambiable.

No hubo comienzo ni finales, no fue numerable. La noche sucedió a la tarde, pero podría haber sido al revés, ignoraron el tiempo, las llamadas y el hambre. Tras horas, cayó agotada en un duermevela que se interrumpió cuando notó que él se levantaba. Entonces buscó el hueco cálido que había dejado y lo olió, besó con ternura ese surco y susurró su nombre. Le era más fácil querer a la huella que al hombre, pero tuvo que renunciar a ella cuando él volvió a la cama con su cuerpo. Lo hizo con los ojos ya cerrados, no la buscó con la mirada y, como si supiera que ella era inaccesible a través del abrazo, buscó con sus dedos la materia de la que estaba hecha por dentro. Un anzuelo blando en el que se quedó suspendida como en una molicie acuosa, sin saber si ya estaba dormida o plácidamente muerta.

Aun así, la mañana, el bufet y el resto de los huéspedes. Tenían que comer. Dos yonquis, ella sin hambre, pero debía alimentar sus brotes, sus nuevos órganos, al menos un vaso de leche. Entre ellos la charla animosa sobre la agenda que a él le esperaba durante el resto del día. Mientras hablaba observó sus manos, grandes y ágiles, ninguna cosa parecía tener opciones de escapar a su alcance: el sobre de azúcar que rasgaban, el trozo de pan que sujetaban, el cuchillo que manejaban de forma veloz y precisa. Ella posó su propia mano sobre la mesa, justo en la frontera de su dominio, una criatura de cinco piernas inválidas queriendo ser atrapada. Sacó sus ojos de la cara y se quedó mirando ese trozo de su cuerpo que ya no reconocía como suyo, ahora solo era una presa ansiosa por ser cazada, y la hizo danzar levemente señalando así al depredador la guarida, hasta que, por fin y en una sola embestida, él se hizo también con ella.

Subieron de nuevo a la habitación antes de que él tuviera que marcharse, pero una parte de él, la blanda, ya se había ido. La misma pista de baile, pero el ritmo había cambiado. Los bailarines habían tenido que parar a descansar en la maratón de la madrugada anterior. Ahora regresaban sin opciones de ganar nada. Ella intentaba buscar de nuevo la sincronía, pero él parecía aprovechar esa última actuación para una exhibición de sus mejores pasos. Ya no daban vueltas sin sentido moviendo las caderas y los pies, los cuellos acoplándose el uno al otro, buscando descanso y refugio. Ya no había abrazos torpes para olvidar el hambre o el sueño. Ahora él le pedía hacer un giro, un triple. Había prisa. Ella en otro ritmo, en otra habitación, en la de la noche anterior. Él apurado, sonó con una voz corriente, dijo posturas, dijo tetas, dijo aliados. Ella no conseguía componer los mensajes. Buscaba en el vocabulario que habían reunido la noche anterior, la gramática en sus frases: tuyo, arrojarse. Ahora escuchaba aturdida, no era capaz de encontrar ninguna palabra que reconociera.

La música paró y él sonrió. La próxima vez, comenzó a plantearse en voz alta, o quizás era a ella, pero ella ya no estaba allí, era una sombra pegada al techo y capturaba lo que podía, insectos intragables. La próxima vez que coincidieran, continuó, sería raro. Eso dijo. Que coincidieran. Raro.

Su mente se le escapaba, los ojos se le habían ido, los buscó con los suyos, que habían vuelto al amarillo. Intentó tejer un hilo hasta ellos con la araña que estuvo toda la noche paseando de pupila a pupila, pero ahora, sin la complicidad de todo lo que ocurre mientras el resto duerme, y con la luz familiar de un mundo que no se había detenido y que ponía el color que debía a cada cosa, él no reconocía aquella mirada.

La apremió, no quería que llegara tarde, un tren de vuelta la esperaba.

El tren de vuelta

No cogió un taxi para ir a la estación. Tener que llamar por teléfono, cerrar una puerta, abrocharse un cinturón, indicar una dirección, simplemente no sabía hacerlo. Pero caminar lo hacen incluso las bestias heridas, avanzan, tacatá tacatá, si tienen un destino.

Caminó a través y en contra de la ciudad. Arrastró su maleta, se apoyó en ella. La maleta debía regresar, contenía un peluche que había comprado para su hija. Tenía que volver para llevar la maleta de vuelta. La maleta sí tenía un destino. Bajo el cielo más azul y atroz que había visto nunca, quiso observar cada detalle que la rodeaba, grabar a cada una de los cientos de personas con las que se cruzó y a las que entorpecía el paso con su cuerpo lento. Como en el hospital cuando nació su hija, sabía que no muy lejos, ahora en una habitación de hotel, algo había dejado de respirar, pero esta vez no había sobrevivido.

La estación, una madre que el día anterior la acogió con un abrazo, y que a la vuelta la expulsaba enfadada usando su megafonía estridente, encendiendo todas las luces, dando rienda suelta a una jauría sobre ruedas.

Ella, sentada donde le correspondía, miró su reflejo vago en el cristal de la ventanilla. Era el reflejo de una mujer adulta que a la ida creía conocer las reglas y las cartas del juego. Una jugadora pésima a la que nunca le interesó la partida si no se parecía a la vida, si no había algún riesgo, un vértigo. Así entró, vulnerable desde el principio, si quería ganar debía abandonarse. Él también le pareció rendido a ratos, quizás por puro cansancio. Pero en el último momento, como un jugador experto, se retiró de la mesa. Ahora, si revivía la escena, incluso leía cierta molestia en la postura de él, en su gesto. Parecía incómodo al verla todavía allí sentada, con su cara de imbécil, esperando otra mano cuando ya, ambos deberían saberlo, la partida había acabado. Él había retirado su apuesta en la puerta del hotel con un «que te vaya todo bien». Ahora ella iba sentada con las fichas en el bolsillo, clavándoselas por todas partes, sin saber qué hacer con ellas, si todavía tenían algún valor o eran moneda fuera de circulación. El suyo, probablemente, ya era para él un nombre del que mañana mismo hablaría en pasado, con respeto, con nostalgia, con frialdad. Con el que coincidir sería raro.

No tenía derecho a estar enfadada, era el juego más antiguo que existía, todo el mundo conocía las normas, las reglas no explícitas, heredadas de generación en generación. Ella siempre escribiendo desde pequeña, no en un papel, escribiendo en el espejo, escribiendo en los recuerdos, en su cabeza. Completando las historias, los mensajes, dando forma a lo indeterminado, a lo incompleto. Mejorando a los personajes, personajes vacíos, simples, básicos, personajes que habría odiado en su mayoría y que necesitaba salvar, reinventarlos. Veía cierta inteligencia en un gesto, una emoción en una mueca, siempre buscando que las cosas significaran algo bonito. Que comer no fuera solo alimentarse, que supiera bien, que fuera memorable. Pero no tenía derecho a estar enfadada; él, en cambio, sí tenía derecho a ser peor de lo que podría haber sido.

Como no tenía derecho a estar enfadada, se refugió en el sentimiento que sí le estaba permitido, no solo eso, sino que le era innato, congénito a su especie, y se puso triste. La chica triste que viaja con la mirada perdida en el tren, agotada de no dormir, del atracón. Lo que quedaba de una mujer que había sido devorada primero y vomitada después de vuelta a su vida, a lo que ella no se atrevía a llamar vida. Esa clase de chica triste.

Miró alrededor por si veía a otra igual, pero solo era un miércoles a última hora en el vagón preferente donde había encontrado billete. Trajes y corbatas grises, azules, algo de beige. Ella con el pelo sucio, oliendo a ese Gólem al que habían dado vida entre los dos, ¿o acaso solo hizo falta la sangre y la fe de uno?

23.560 puntos

Su cuerpo decidió custodiarla, habló en su lugar y la dejó sin voz, aunque no hiciera falta, ella no tenía nada que decir.

El silencio simuló cierta paz en la casa. Su madre se limitaba a iniciar conversaciones que pudieran cerrarse con el leve movimiento de su cabeza, ya fuera de arriba abajo o de un lado a otro. Se crearon códigos más sencillos, en ellos no había lugar para chantajes ni reproches, ya que esos necesitaban de un discurso complejo con fechas y detalles. Desde aquella cueva muda comenzó a observar a su madre y la vio fuera, en su terraza, un pequeño Edén particular en el que cuidaba de sus plantas y donde siempre cabía un esqueje más que cortaba de algún jardín cercano. La vio tocarlas, casi diría acariciarlas, sus manos pasaban un paño húmedo hoja a hoja, les cortaba las puntas que se habían vuelto amarillas o secas, se deshacía de aquellas que no tenían salvación. Alguna mañana la veía canturreándoles coplas, su favorita era la del rojo clavel. Esa cantinela la transportaba a los domingos en los que tocaba limpiar todas las ventanas de la casa. De niña siempre le temblaba algo por dentro cuando escuchaba esas frases en la boca de su madre, «se ha puesto tan *encendío* que está quemando mi piel». Esas palabras nunca habrían salido de aquella mujer en otras circunstancias, jamás se atrevería a decir algo así, menos delante de nadie, pero ahí estaban, fluyendo de su memoria a su voz y de su voz a las plantas. Ahora que su madre solo la tarareaba pensaba que, como el agua de la regadera, también aquellas frases debían dejarle una huella mojada por dentro, hasta que, en mitad de las tareas de la mañana calurosa, la huella se secaba de nuevo.

La única emoción que había visto dibujada en el rostro de su madre era la de la tristeza, pero desde niña había desarrollado un talento minucioso para identificar cada pequeño matiz, ya que su madre tenía miles de formas de estar triste. Cuando llegó aquella tarde del tren y se acostó en el sofá, su madre se le acercó con la misma expresión que le había visto una noche de verano, una en la que al volver de la playa recogió lo que quedaba del geranio que se había olvidado al sol.

Ahora entendía que había necesitado enfermar para que su madre fuera madre de nuevo, porque su madre no tenía amigas, nunca escribió un poema o pintó un dibujo, no había aprendido a cocinar bien. Su madre jamás había creado nada, ni siquiera tenía conciencia de que ella hubiera dado vida a sus propios hijos, simplemente dejó que pasara. Permaneció inmóvil bajo el otro cuerpo, siguió respirando y alimentándose para continuar viva y después alimentó a sus hijos para que, a su vez, continuaran vivos. Eso le bastaba, era una guardiana de la vida, y seguía vigilando desde el sofá en la noche y desde su terraza de día. Controlaba cada cosa que le pertenecía. Toda adquisición le había supuesto un gran esfuerzo, siempre había tenido tan poco que la vida de aquel geranio fue una enorme pérdida. Procuraba conservar la vida de todo lo que tenía alrededor.

Con las manos de su madre sobre las hojas de las plantas y sobre su frente, su hija al fin descifra el incomprensible dolor que le causó la muerte del padre, a pesar de la falta de cariño y de respeto, a pesar de que debía haber supuesto una liberación. Su madre se había pasado años cuidando del gran roble, pero cuando enfermó no pudo hacer nada para mantenerlo con vida. Su madre no se enfrentaba a un duelo, se enfrentaba a su gran fracaso, no lloraba la ausencia de la persona, añoraba el cuerpo enfermo al que cuidar, su gran razón para levantarse cada día. Hasta entonces su madre nunca había estado enferma, pero pronto las medicinas del padre fueron sustituidas por las suyas y el calendario de la cocina se llenó de citas médicas.

No le quedó otra que convertirse ella misma en la paciente a la que cuidar.

La mudez duró tres, cuatro días. A ella le hubiera gustado quedarse en ese letargo, ser de nuevo hija, asfixiada entre el paracetamol y el olor a cebollas, sin lugar ni espacio para el amor o el pensamiento, solo para la tristeza y el miedo. Ella sufría, y ese sufrimiento era plenamente suyo, como las plantas que pertenecían a su madre. Le había costado llegar ahí, dejarlo arraigar, no había flores, no podía disfrutar del olor o del color primaveral, pero podía cuidar y ver crecer ese dolor enraizado que solo respiraba en el mundo de las emociones y que al menor pensamiento hilado se desvanecía, perdía consistencia, porque no había lógica ninguna en él. El intelecto quería expulsar el dolor, lo desplazaba y lo reducía a una absurda broma de la que ella misma se reía. El conocimiento, los credos, la percepción de sí misma la sacaban con demasiada facilidad de ese estado desconocido hasta ahora u olvidado.

Se sentía flotando, sin fuerzas para nadar en ninguna dirección ni tomar decisiones. Un cabo alrededor de su cuello esperaba a ser gobernado por otra persona. Si él lo quería así, ella iría, si él le pedía silencio, ella no enviaría ningún mensaje. Pero el cabo permanecía flácido, sin él al otro lado. Ella flotaba sola.

Cuando el pensamiento la devolvía a aquel hotel,

respondía correos, jugaba con su hija, la abrazaba hasta aburrirla. Prestaba atención a los dibujos animados y, si se encontraba sin posibilidad de evitar el teléfono ni el laberinto, jugaba a un solitario que se instaló. Era un juego estúpido en el que tenía que encajar piezas hasta formar figuras que iban desapareciendo. Cuanto más fuerte era su obsesión, más se concentraba, se hacía mejor jugadora cuanto más triste estaba. Era un juego en el que solo se podía perder, la cuestión era cuándo. Encontró una forma de medir su desesperación. Una noche tardó en perder más de dos horas, llegó a los 23.560 puntos.

Hombres desnudos

La ciudad la recibe con una niebla espesa que no le deja ver más allá de unos metros de asfalto. Al menos ahora ve la niebla, algo es algo.

El tipo sin haches ya se habrá despertado y estará enfadado, eso la reconforta, encuentra paz y equilibrio en esa certeza. No recuerda haber hecho enfadar nunca a nadie, es consciente de que su sola presencia ha molestado alguna vez, pero no había mérito ninguno ahí. En cambio, enfadarse implica un mínimo respeto por el objeto del enfado, tomar en consideración sus palabras o gestos hasta el punto de entregarle la paz; solo un imbécil se enfadaría con un crío o con una mascota. Ella pensó durante mucho tiempo que solo podía causar en los hombres deseo o desdén, pero ahora siente el poder de enfadarlos, un poder sin duda mucho mayor, porque incluso para el deseo no se necesita a una persona completa, se puede desear un trozo de mujer, lo que cabe en una pantalla. Él anoche solo deseaba su trocito de carne rosa, pero ahora estará enfadado con toda ella. El enfado lo obligará a recordar su voz, lo que dijo, cómo se movía y cada movimiento que hizo. Buscará la causa, llegará a la conclusión rápida de que está loca. Ella también rebusca en la escena grotesca que protagonizaron en el sofá y se queda atrapada en la imagen de él, mostrando sin pudor su cuerpo de niño desnutrido y blancuzco.

La niebla se disipa y comienzan a desfilar por su mente todos los hombres, los tipos y los chicos que han servido al borrado del hombre tumor y de sus palabras estos meses, que siguen haciéndolo. Aparecen desnudos y orgullosos, paseando por sus casas, de la cama al baño, por el salón y hasta la cocina, sin correr, sin apagar la luz, sin atrapar sus camisetas o calzoncillos; exhibiendo sus culos aplastados, sus tetas flácidas, sus pectorales esculpidos, sus abdominales, sus barrigas fofas y sus pollas; pollas ocultas entre el vello, pollas torcidas, pollas delgadas y pollas enormes. Tan guapos, sus ojos oscuros, verdes y huidizos. Hombres que apenas hablan, que no callan, los que buscan una amante, tienen una novia o una mujer que no los entiende nunca. Todos lo han pasado mal, solo quieren divertirse, están deprimidos, anhelan enamorarse. Grandes padres que cuidan de sus hijos, les estorban, han luchado duramente por la custodia, nunca tendrán descendencia. Cocineros, músicos, desempleados, directivos. Estudiaron ciencias, una ingeniería en la capital, ahora hacen un grado, tuvieron que dejar el instituto, les interesa todo, saben de todo. Comparten piso, viven con sus padres, tiene un ático con garaje, perdieron su casa en el divorcio. Buenos tíos, tienen denuncias falsas, sus mejores amigas siempre han sido las chicas, le advierten por su bien que no se haga ilusiones. No repiten con ninguna, le piden el teléfono, no le vuelven a escribir, le mandan fotos, eliminan su contacto. No tienen coche, uno de empresa, se mueven en bici, caminan mucho, se cuidan, no soportan el tabaco. En su perfil de Tinder aparecen sin camiseta, cocinan, viven en el gimnasio, llevan camisas con sus iniciales, les encanta salir a navegar. Le recomiendan películas, seguro que no las ha visto, le preguntan por su escritor favorito, no leen nada, adoran *Los Soprano* y *Breaking Bad*. Los ha conocido en una aplicación, tienen algún amigo común, han coincidido tres sábados seguidos en el mismo bar, llevan años queriendo acostarse con ella, es la primera vez que los ve, no los conoce de nada. Les excita la lencería, la quitan sin mirar, les gusta el sexo oral, tirarle del pelo, insultarla, llamarla mi amor, que se ponga de rodillas, casi siempre se corren. A ella le gustan, le gustan mucho, le gustan lo suficiente, disfruta con todos ellos.

No siente absolutamente nada.

Segunda parte
Protocolos de comunicación

El hombre azul

Cada huida la debilita, siempre regresa al refugio, que es cepo a la vez, con nuevas heridas que la hacen enfermar. Esta vez ha llegado junto a una perra, ambas vomitando sobre el terrazo.

Tras varias semanas la niña y la perra se adoran. Ella piensa en la palabra familia. En esta familia huelen a babas. Duermen en la misma cama, una encima de la otra, se dejan crecer los pelos y las uñas, que nadie las distinga.

En esta casa no se habla. Lo mismo ladran que lloran, también ríen. En este rebaño comparten el mismo nombre, cuando se llaman las unas a las otras, acuden todas.

Heredaron el nombre de la abuela, y de la suya también. A la abuela no le gustan los perros, pero le gusta cuidar.

Con la abuela no hablan, ni ladran, ni lloran, ni ríen. A cambio, mastican, ven la televisión, respiran juntas. También las discusiones son sobre temas sencillos, acerca de si come y duerme poco, alguna riña porque mira demasiado el teléfono. Poco a poco la madre se va haciendo a la idea de la situación porque cada vez le pregunta menos cuándo va a solucionar lo suyo, el matrimonio, o si él anda ya con otra mujer.

Ella suele enfermar los fines de semana y en vacaciones. Su cuerpo, maquinaria útil, siempre se recompone justo a tiempo para cuando el mundo real la reclama. En ese mundo ella no tiene anhelos sentimentales, en ese mundo tiene una hija y, para cuidarla, un trabajo y, para mantenerlo, su cuerpo necesita ser aseado, vestido y desplazado. Cada mañana coloca el cuerpo dentro de un traje, a la niña en la guardería, a la perra la deja con la madre. Se mueve, se va, es el jefe que deja los cuidados a otras.

Hoy la espera el primer tren de la mañana. En el vagón preferente divisa a otra mujer. Si todo fuera bien, si se calmara, si lograra concentrarse, ella podría hacer carrera y ser como esa mujer en diez, quince, veinte años. Su futuro lleva un traje algo gastado, el perfume amaderado, fue a la peluquería hace dos días, suele peinarse allí. El tacón bajo, cuadrado. Los colores discretos. Desayuna un yogur. Aporrea el teclado. No la ve.

Ella también abre su portátil, aprovecha. Aprovecha, siempre aprovecha, nunca hace una sola cosa a la vez. Prefiere el tren al coche porque mientras se desplaza redacta informes y responde correos, y no va con la vista clavada en la carretera escuchando la lista de canciones de chicas tristes. En el tren de la mañana devuelve las llamadas que no pudo o no quiso contestar, organiza la agenda. Siempre deja para el tren los asuntos que más pereza le provocan, pero lo que más le gusta de trabajar en el tren es que apenas piensa en sí misma. Es decir, en él.

Ya en la ciudad de destino llega a una oficina sórdidamente funcional, donde apenas cabe algo más que su tórax, ni siquiera su alma, entre la silla ergonómica y la mesa en la que apoya el ordenador.

Ni ha empezado la reunión y su interlocutor ya ha decidido lo que ella no es. De dónde vienes. No pareces. Qué estudiaste. No pareces. Lo ha hecho sin mirarla a la cara, sin ofrecerle la mano. Está ofendido porque ha llegado unos minutos tarde.

Tras bajar del tren se ha perdido por el entramado de muros de esta ciudad sitiada, muros que la dejaron aislada, sin cobertura, sin flores, sin fuentes, nada sobrevive sin oxígeno. Ella se disculpa, intenta contar una anécdota ligera que le acaba de pasar cuando preguntaba por la dirección de la oficina y un paisano, también ofendido, la ha confundido con una turista. Mientras ella habla él aprovecha para conectar el proyector a su equipo.

Mantienen el encuentro, él mira su pantalla, no levanta la vista ni cuando se dirige a ella. Sabe que es escuchado y observado, con eso le basta. No es desconsiderado, simplemente no es nada. Su aspecto tampoco es nada, lleva un disfraz de ser humano que le queda grande, una talla más, todo azul marino. Habla en un tono lineal sin ninguna alteración, a ella le cuesta separar las palabras para darle sentido a lo que dice y fingir que no es tonta. Él emplea términos por los que tiene que preguntarle una y otra vez. Ah, así es como llamamos aquí a este procedimiento, a este formulario, a este tipo de reuniones.

Está tan alienado en su pequeño mundo subterráneo de paredes beige y mesas de latón que ha llegado a incorporar estos vocablos a su lenguaje y cree que son tan universales como la palabra amor.

Ella se distrae, consulta el hotel al que irá después. Ha elegido uno pequeño que está a un paseo porque en las fotos aparecía un patio central, plantas colgantes y una fuente. Él sigue hablando, apenas gesticula ni mueve la boca, se podría decir que, por momentos, olvida que ella está allí. Se recita a sí mismo sus procedimientos, sus normativas escritas bajo el membrete estandarizado. A cada poco, ella tiene la sensación de despertar de un sueño que ya casi no recuerda, que se le escapa. Toma notas en su portátil, escribe y escribe, hace sonar el teclado y se refugia en ese ritmo. Hay luz en la pantalla y hay sonido, ¡está viva, está viviendo!, se tiene que repetir a cada instante. Pero su cuerpo empieza a escurrirse por la silla, se funde con la polipiel, se toca la cara, se limpia las gafas, se deshace y rehace la coleta, la estira bien, se tira del pelo, de los pendientes,

necesito un café

Lo dice en alto, suplica, lo hace en una pausa entre los sonidos encadenados del simulacro humano. Todavía no son las diez y media, le contesta. Ella no entiende qué quiere decir. Nosotros lo tomamos a las diez y media, le aclara. Ella decide ser cortés. No, no decide nada, no puede hacer otra cosa que quedarse allí sentada contra su voluntad, es un cliente importante. Se adapta, cumple las normas, no rompe la paz. Asume que no hay opción para escapar de su control en esta sala, dentro de este edificio, aunque no puede evitar pensar en lo que ocurriría si se levantara, en si alguna vez una persona en este no-lugar ha hecho algo inesperado.

A las diez y media, no a y veintinueve, no a y treinta y uno, él se levanta. No dice nada, pero ella lo sigue.

Se desplaza sin moverse, es una sombra azul goteando por el pasillo, parece que fuera sobre una cinta transportadora, una muy lenta. Ella vio al entrar una terraza en la puerta del edificio, pero en lugar de salir se montan en un ascensor. En algún momento debió tener luz, ahora solo queda una pequeña bombilla amarillenta tras el falso techo que también respira con dificultad. La puerta se abre, entra otro compañero. Ella tiene que abrir bien los ojos y escudriñarlo para diferenciarlos y no seguir al que no es. También es azul, tampoco tiene rostro, solo unas cejas grises y unas gafas sobre una nariz que lo mantiene vivo. Los labios desaparecieron, se hicieron invisibles, porque para qué unos labios si no son para besar.

Él pulsa un número negativo, en este edificio siempre se puede bajar más. Se adapta a las cuestas de la ciudad medieval, una ciudad que recibe millones de turistas. Una ciudad legendaria y bellísima. Una ciudad protegida, cerrada al tráfico y al color. La sala de descanso se encuentra donde ella imagina que estarían las antiguas mazmorras.

Él introduce una tarjeta y le dice que puede pedir lo que quiera. Lo que quiera. Un café con leche está bien. Ella habla, le pregunta si vive allí mismo, emite sonidos buscando que ocupen su cabeza, que humanicen a su contrario. No, nadie vive allí, es imposible cuando tienes familia, vive en otra ciudad. Cada día pasa hora y media en un tren para llegar a la oficina, más otro tanto de vuelta. ¿Tiene familia? Ella recoge su café de la máquina. Una persona decidió pasar su vida con él. Él saca un vaso de leche. Ella lo examina más atentamente. Busca un rasgo humano: ternura, música o cine, pero solo ve un conjunto orgánico entrenado para sus funciones. No puede imaginarlo en otras situaciones, quizás sí en sus tareas domésticas, o haciendo la compra, pero ha dicho familia, niñas. Gestionar ese sobresalto, lo inoportuno, lo espontáneo. Quiere preguntarle si le supone un infierno y cómo le habla a esa mujer y a esas hijas, qué términos usa, si dice te quiero o cariño, pero solo le pregunta si no se le hace pesado ese viaje diario. Es lo que hay.

Ella le cuenta que es la primera vez que está en la ciudad, él no le da ninguna indicación. Había pensado visitar un museo donde hay una pintura que siempre admiró. No sabe, él nunca ha ido, quizás de pequeño con la escuela, no lo recuerda. A ella comienza a apretarle el pantalón, las paredes, esa presencia que tiene delante.

Vuelven al despacho y, durante el resto de la reunión, ella intenta mantener un tono más animado, sube la voz de forma exagerada, carraspea, bebe agua, pero al cabo de media hora se rinde.

Va al baño, ha tenido que bajar un par de plantas. Ni siquiera el baño es blanco, solo gris. Se sienta y se queda mirando la puerta, espera a que pase algo. Podría llorar, vomitar o dormirse. Debe aguantar tres horas más. Mira el teléfono, nadie le ha preguntado si ha llegado bien. Antes tenía un marido que sí le preguntaba y al que ella respondía. De todos modos, le escribe que ha llegado bien y vuelve a guardar el móvil antes de que le diga algo, probablemente una pregunta.

Sentada sobre la tapa del inodoro piensa en lo que le ha dicho ese hombre nada más llegar y no solo entiende, ahora tiene la certeza de que es un error en este sistema tan bien organizado y programado. No termina de parecerse a sí misma, a la persona que nació en un lugar y con un destino concretos. Es demasiado joven para su propia vida y demasiado mujer. Le gustaría ser menos de ambas cosas, podría ser más azul, tener el pelo más gris o estar directamente muerta.

Lleva pantalones de auténtica lana de merino, su particular disfraz para pasar desapercibida en este entorno hostil, pero le pican. Aprovecha para bajárselos, se rasca con fuerza. Sabe que no solo no aliviará nada, sino que lo empeorará, pero lo hace porque puede hacerlo. Le gusta ver cómo su piel blanca cambia a rosa y se fotografía así, en bragas y arañada. Le gustaría enviarle esa foto al hombre tumor, porque siente, no sabe cómo, que el picor tiene que ver con él. De alguna manera que no logra razonar siente que él tiene la culpa de los arañazos y de la foto, tan fuera de lugar. No se la envía, tampoco la elimina, puede que le sirva para algún chat después, no quiere dormir sola esta noche.

Vuelve a la sala, y ya deja de preguntar por aquello que no entiende. Contiene las preguntas y aguanta el picor. Cuando terminan, ella siente la curiosidad de ver de qué material gelatinoso está hecho ese hombre y le tiende la mano. Él le da un miembro flácido y frío.

Todo ha ido muy bien, ¿no lo cree ella también?

Desquiciada

Hay días en los que la mente se despierta zopenca y se le queda encasquillada, esos días la rata revive y vuelve a los cabezazos. El laberinto cada vez más largo y estrecho. El laberinto sin cobertura, apenas mensajes, ninguna llamada.

Si él muriera de repente, no se enteraría, ni siquiera podría sospecharlo hasta pasada una semana en la que ella le escribiría con cualquier excusa y él no respondería. La había domesticado para que se quedara esperando y, hasta veinticuatro horas después, no volvería a intentarlo con algún protocolo de comunicación conocido, uno tipo ¿estás bien?, que como una máquina receptora respondería con un *I'm alive.* Si no llegara respuesta, pensaría que se acabó, pero quizás un día su marido-exmarido, le contaría: una lástima, se murió. Tan sano y se murió. Se mató en un accidente de coche, le dio un infarto en la cama con otra mujer, se abrió la cabeza de una caída tonta en su jardín.

Ella se quedaría con la expresión de una liebre deslumbrada por los faros de un coche, los ojos enteros negros sin lágrimas legítimas, pero al menos todo acabaría. Le dice a la rata que se haga a esa idea, que está muerto ya, que se fue a vivir a Australia, lo mismo da. Aun así, cuando no está haciendo otra cosa, e incluso cuando está haciendo otra cosa que se lo permite, mira el teléfono como miraba el pecho de su bebé, angustiada y queriendo percibir una señal de vida.

Cuando espera alguna interacción, busca otras cosas que hacer. Piensa en qué hará él, porque quiere creer que también espera y que también tendrá que hacer algo, ¿o su mente se inventó las arañas de ojo a ojo y se inventó el abrazo y sus manos buscando dentro de ella?

Lee, pero no le sirve de nada, tiene tan poco de él que se lo inventa, le añade las características que quiere y lo convierte en el personaje que le conviene de la historia.

No entiende nada, no se entiende a sí misma. Hasta entonces solo había estado con hombres que la querían, que tenían un interés genuino por ella y un afecto real. Él, en cambio, un pozo negro al que asomarse, donde solo puede encontrar frustración, la seguridad del fracaso. Nunca había sufrido por desamor, no por desamor de un hombre, no por desamor de un hombre que no fuera su padre. Nunca ese desamor ligero, histérico y adolescente que había rozado, que le habían contado, que había leído. Hasta ahora había conseguido esquivarlo, pero había llegado el momento y, como ocurre con otras enfermedades, las secuelas se presentaban más persistentes con la madurez.

Quizás ese hombre era otra huida de la felicidad porque, si lo piensa, nunca se ensoñó con ser feliz junto a él, con vivir una historia de aniversarios o de encuentros a la orilla del mar. Ella no quería que dejara a su mujer ni que le enviara baladas de ningún cantautor. Ella lo que quería era poder ser infeliz junto a alguien, encontrar un compañero en este malestar, mostrarse las llagas sin pudor y lamerse por turnos. Pero a pesar de la promesa de su intuición, la nube negra no estaba a la altura de la tormenta.

Lo legal

Queda con su todavía marido en la puerta del edificio donde los ha citado la abogada. Suben juntos en el ascensor. La letrada los recibe con una sonrisa y los guía a un despacho con olor a madera y a cuero. Quiere cerciorarse, y sí, ambos lo tienen claro, todo claro. Habla él. Tiene ese don innato de la fiabilidad, todo el mundo quiere caerle bien, también ella misma cuando lo conoció quiso gustarle, que la valorara positivamente, que la posicionara en el entorno con una banda que dijera ACEPTADA. Su tono es el de un experto, su especialidad es el género humano, actúa como un certificador de la calidad de las personas, todas quieren su sello.

La abogada también lo percibe y le habla a él, le sonríe, quiere que esté contento. Tenemos claro lo que queremos, vuelve a decir él, sabemos qué hacer con la casa, con la custodia, con las vacaciones.

Ella mira a la abogada y escucha lo que han decidido

entre los dos, sabe que lo hicieron, pero andaba dormida o con el cerebro apagado. La abogada nota su reacción de sorpresa en algunas cuestiones y le pregunta si también es lo que quiere ella. Sí, por supuesto, todo le parece bien. Después aclara que para estas cosas ya hay fórmulas, habla de protocolos, de soluciones ya probadas. Habla de hacer el intercambio los lunes, de los futuros cumpleaños, del día de los Reyes Magos.

Lee que contrajeron matrimonio canónico un diciembre frío de hace seis años y que dicho matrimonio consta inscrito en el Registro Civil.

Lee que de dicho matrimonio nació una hija inscrita igualmente en el Registro Civil.

Lee que, ante las dificultades de convivencia, de una manera libremente consentida por ambos cónyuges, decidieron el cese definitivo de la misma.

Lee que los cónyuges quedan liberados mutuamente de la obligación de convivencia y en absoluta libertad para regir su persona y sus bienes, sin que ninguno de ellos pueda inmiscuirse desde ahora en la vida del otro.

Absoluta libertad para regir su persona.

Salen del despacho y entran de nuevo en el ascensor, se gastan alguna broma, él va muy elegante, ella lamenta no haberse arreglado un poco.

Cuando llegan a la calle se dan un abrazo, permanecen así un rato, la abogada no les ha dicho cuánto debe durar un abrazo a partir de ahora.

Las amigas

Siente su existencia cada vez más leve, solo ocurre por momentos y en entornos muy pequeños. Se funde con las sillas que le ofrecen sus clientes, en el barrio no tiene nombre y, en casa de su madre, no logra separarse del gran bulto que forman por la noche en la cama. También su perfil titila en las aplicaciones de citas, solo algunos días, solo algunas horas, y después se apaga.

Como la recolecta de cada fruto, también esta tiene sus tiempos. Cree que comienza a entender esa forma de relacionarse, ese terreno y solo cuando ha llovido lo suficiente sobre el fracaso anterior entra de nuevo con la azada en mano. Lo crecido antes, lo haya probado o no, debe desaparecer. No duda, aquí es alguien a quien no le tiembla el pulso, cava hondo y arranca de raíz. Es sobre ese blanco que debe brotar la nueva cosecha. Esparce veredictos, sí o no, no más de cinco y los deja germinar. Alguno agarra, pero ya hablarán mañana.

Ya casi nunca queda con nadie. Cuando lo hace, se muestra educada, educada según le enseñaron. No exige gestos de cariño, incapaz de devolverlos prefiere evitarlos, la hacen sentir culpable. Nunca quiere molestar, no quiere obligar a nadie a ningún esfuerzo, y desde esa existencia pequeñita, casi invisible, se siente más segura, en paz.

También hace algún tiempo que no ve a sus amigas, se cruzan mensajes en el grupo que mantienen, emojis que rara vez concuerdan con su propia mueca. Cuando se ven lo hacen en torno a un café, se cuentan que están bien, no se creen del todo las unas a las otras. Todas andan en sus propias crisis, se ríen de sí mismas, tras esas risas se vislumbran los secretos que cada una esconde. Esos pequeños secretos son el material que las separa y al mismo tiempo el que las mantiene conectadas, un río que cruzan desde los puentes que han construido sin obligarse a mirar a las profundidades. Pero hoy hay una cena ineludible, una amiga se ha prometido con su novio y debe ir. Se está convirtiendo en una ausencia y si deja pasar demasiado tiempo, como víctima de una maldición, puede que no haya marcha atrás y se borre del todo.

Acude, están todas, están todos. Va a venir su exmarido, la avisan. A ella le parece bien, son civilizados, son maduros. Serán los únicos que no tienen pareja, puede que hasta los sienten juntos. Decide llegar borracha a ese momento. Opina sobre los preparativos de la boda. Ella se casó hace seis años, ni siquiera llegó a la famosa crisis de los siete. Desde lo alto de la espuma de la cerveza y de las burbujas del champán defiende la teoría de que todas las parejas deberían divorciarse cuando aún están enamoradas, no habría que esperar ni a la primera discusión. Entonces, preguntan, ¿cómo se sabe que ha llegado el momento, el final?

una pista sería la primera vez que te cambias el color de pelo o cualquier otra cosa absurda más barata que un divorcio

Todos ríen, excepto el marido de su amiga recién rubia. Había olvidado que también podía ser divertida y que le gustaba bailar.

De pequeña bailaba muchísimo, imitaba las coreografías de Britney Spears. Lo hacía frente al televisor cuando milagrosamente no había nadie en el salón. Después continuaba de memoria en su dormitorio, en la franja angosta entre la cama y el armario. Adoptaba los movimientos, las poses y las caras hasta que llegó a pensar que vista desde fuera debía de parecerse mucho a la cantante. Una noche, la artista irrumpió durante la cena en la pantalla del salón. La niña se levantó y repitió lo ensayado, menos suelta, pero convencida. Por eso no entendió cuando su hermano comenzó a reírse, y menos aún cuando la madre, que parecía incómoda con ese contoneo que surgía de las pequeñas caderas de la niña, decidió acompañar en la risa a su hijo. Ella continuó concentrada, la risa no le parecía nada malo en sí, hasta que, pasados unos segundos, se apagó el televisor. No había llegado la parte que mejor le salía, la del estribillo. Su padre, todavía con el mando en la mano, le pidió a madre e hijo que no se rieran de la niña, no era culpa suya, tenía las extremidades demasiado largas para que pudiera ser armoniosa y rítmica.

Era su padre, la quería, si decía algo tan duro debía de ser una verdad demasiado grande como para obviarla, así que, por su bien, no volvería a bailar. Alguna vez lo intentó en el dormitorio, pero incluso estando a solas ya era incapaz de verse de otro modo distinto al que le habían descrito. Más tarde, también su padre le descubrió que tenía las piernas feas, sin forma, rectas como las de un hombre flaco y así fue como durante años le evitó que hiciera el ridículo con shorts o minifaldas.

Ahora lleva un vestido corto y baila borracha en mitad del salón de su amiga. Se ve ridícula, le gusta, ojalá su familia estuviera mirándola enfrente, esta vez no pararía. Cada sacudida arrítmica rompe algo en su interior, por dentro nota cómo sus átomos se aceleran y pasan a un estado excitado, inestable y sin control. Su cuerpo se mueve sin ir a ningún sitio, sin trayectoria alcanzable al vuelo, ni siquiera su cerebro puede anticiparse a saber qué miembro será el que se agitará ahora o dónde estarán sus pies dentro de medio segundo. En ese caos encuentra algo parecido a la libertad. Con sus brazos largos alcanza a una de sus amigas, que se resiste un poco, pero sucumbe a la fuerza centrífuga. La fuerza crece y pronto son cinco, cinco niñas jugando al corro, girando y aullando, las cinco niñas que siguen formando una molécula, ya desestructurada, pero todavía por momentos iridiscente.

Le preguntan si está viendo pisos, miente, dice que no ha tenido tiempo. El prometido de su amiga deja libre el suyo, debería ir a verlo. Irá. Le preguntan si se está viendo con alguien. Cuenta anécdotas y todas ríen, los tipos horribles a los que conoció, a los que incluso se ha follado. También los que le resultaron tiernos, pero acabaron ahí. Habla de todo, lo que hizo y lo que se dejó hacer. No hay pudor entre ellas, que se ayudaron a ponerse el primer tampón, que se depilaron las ingles unas a otras con bandas de cera, que han observado tan de cerca sus intimidades, ya fuera sosteniendo un rizador de pestañas o una caja de pañuelos y lorazepam. Les cuenta todo, todo.

Menos lo de él.

Para nombrarlo a él necesita de un juez que la condene y la meta en una celda aislada hasta que recapacite, su confesión necesita de un cura que le ponga nombre al pecado y la obligue a rezar de rodillas; sin duda, para nombrarlo a él necesita de un hombre respetable vestido de negro hasta los pies que la haga vomitar de culpa.

No quiere la comprensión de sus amigas, todavía no, no sabría qué hacer con ese regalo, porque si les ha pasado a todas, qué historia tan insignificante, porque si alguien es capaz de entenderlo, qué imbécil ella que no. Prefiere no abortarlo, necesita que siga creciendo asfixiado y amorfo contra las paredes del útero, así no lo pierde del todo, ahí lo retiene contra su voluntad, esa es su venganza, qué peor cosa que convertirlo, antes todo deseo, en simple dolor.

Mira el móvil. No hay nada, hace más de diez días que se cortó la comunicación. Se conformaría con una simple interacción, incluso con un estado activo. La tranquilizaría saber que él sigue ahí, en algún punto de la red, conectado de algún modo. Asomarse a la ventana y, más allá de la ciudad y del campo y de otra ciudad, ver su luz, a kilómetros, inalcanzable, pero luz. Cuando la encuentra piensa que, si quisiera, podría llamarlo y al menos habría un tono, un código morse pi, pi, pi que le llevaría un mensaje encriptado, aunque él no descolgara. Pero no hay nada y cada vistazo que echa a la pantalla en blanco es una inyección de veneno que va directa desde sus ojos a la boquita del tumor, un veneno que corre veloz a través del cordón umbilical, cada vez más atrofiado. Vuelve a pensar que podría estar muerto.

¿Qué haces ahí?, la sorprenden,

nada

Cambia de pantalla y enseña fotos de su pequeña,

se quedó con la abuela, debe irse pronto. Las otras todavía no se han lanzado a la maternidad y ella ya no recuerda por qué tuvo una hija.

Su exmarido aparece. Viene con una chica que ella reconoce de aquella boda, la nueva compañera de trabajo, ya no tan nueva, ya no tan compañera. Disimula su embriaguez y atraviesa rauda el salón, erguida y orgullosa. El cuerpo recuerda quién es delante de cada persona, habla en el idioma oportuno que espera el oyente. Corre a saludar, regala sonrisas, abrazos,

qué bien te veo, encantada, qué guapo estás

Así deja claro que este hecho no la tambalea, viejas costumbres. La joven lleva una gabardina que se ha mojado. Se puso gabardina y llovió para la ocasión. Los animales de su cabeza que corren perturbados en todas direcciones encuentran algo místico y también incómodamente perfecto en cada gota de lluvia que cayó donde debía. También su marido, su exmarido, lleva el tono de camisa idóneo.

Qué quieren. Algo querrán. Vino para él. Agua con gas para ella. La anfitriona ha sentado a la pareja en la esquina, a la joven le ha tocado lidiar con las patas de la mesa; la lealtad. Ella les grita sobre el mantel,

¿cómo va la empresa? ¿Cómo están todos?

Todos no es nadie, todos solo es él. Quiere saber, pero su exmarido no parece entender, nunca lo ha hecho, y no se dirige al chiquero donde quiere meterlo con su camisa de marca. La joven también se desvía del camino, finge interés por ella, le devuelve las preguntas. Qué tal con la pequeña. Por qué menciona a su hija. Le habla de la niña, la conoce, es preciosa, un sol. Todos sus animales orejas en punta y mirada fija, colmillos listos para atacar, a qué. Traga panecillos, baja el ladrido, sabe que solo lo contendrá un rato, sus cadenas son cada vez más débiles. Quiere salir de la mesa, esquivar las risas y los buenos modales, ir a casa y secuestrar a su hija. Ya dejó atrás la casa grande y blanca, dejó el coche familiar, dejó las tarjetas del banco, ahora solo tiene a su hija, ella le pertenece. Es demasiado pequeña, todavía puede olvidarla, llamar mamá a la joven que controla la lluvia. Ellos aún pueden darle hermanos, no lo convenció para la vasectomía; ella solo le ha dado una perra. Se le atragantan los pensamientos y levanta a todos de la mesa para salir de allí.

Va a la habitación de los abrigos, coge su chaquetón, ya desplumado. Junto a él, la gabardina. En un impulso cierra la puerta y se la prueba, debería comprarse una, le sienta bien. Nota un peso en el bolsillo, un peso amigo, como un diente propio que se cae en la palma de la mano. Rebusca hasta el fondo y saca unas llaves. Son sus llaves, las que dejó, las de la casa y las del coche. Conservan su llavero, una baratija que ganó disparando en una caseta de feria. En el primer disparo erró, y entonces intuyó que debía disparar apuntando entre los dos palillos para darle a uno.

Sale del dormitorio, todos le dicen adiós con la mano, ella sonríe y después apunta con su escopeta imaginaria entre la joven y el hombre que fue suyo. Se marcha sin saber a quién le ha dado. Al menos, hoy ha recuperado el llavero.

El robo

No hace más que perder cosas, unas gafas de sol, el hogar, una chaqueta en un tren, y ahora cuando sube a recoger la ropa tendida ve que también le faltan unas bragas. Las pinzas siguen en su lugar, intactas, sujetando una nada sospechosa en el cordel de la azotea de vecinos. El sujetador burdeos se mece huérfano a su lado. No ha sido el aire, el cielo raso es testigo y cómplice.

Se queda mirando el horizonte, aquí la línea no es recta, la sonrisa del barrio muestra mellas y salientes, sus propios colmillos sin ortodoncia. Ella se aferra a la cesta que apoya sobre su cadera y una vez más intenta percibir algo parecido al olor del mar que la calme, pero solo le llega el de la planta de reciclaje mezclado con el de la coliflor que cuece alguna vecina.

Recoge el resto de la colada con un protocolo, la tranquiliza pensar en la exactitud de cada paso, así frena su ira: primero dobla las toallas, después enrosca calcetines y, por último, la ropa interior, la ropa interior diezmada.

Compró ese conjunto para aquellos días de hotel, lo guardó como una reliquia, no había vuelto a usarlo hasta la cita de hace dos días. Pretendía desacralizarlo, pero ahora le perturba que alguien lo tenga en sus manos.

Baja las escaleras, podría llamar a las puertas de los vecinos e indagar. Se pregunta si quien lo hizo robó unas bragas cualesquiera o robó sus bragas. Solo son unas bragas, se convence, no tiene la más mínima importancia y, además, llega tarde a una reunión.

En la oficina, el jefe le pide que redacte el acta del comité, le contesta que no, que prefiere no hacerlo ella. Está aprendiendo. El jefe llama a una compañera de otro departamento, a ella no le importa, eso dice. Últimamente tiene la sensación de que cada mierda que esquiva la pisa otra.

Sobre la mesa lanzan problemas y plazos, culpas y felicitaciones. La compañera anota todo lo rápido que puede. Le susurra que antes de enviarlo se lo pasará, por si ha cometido algún error. Ella termina su intervención y se va.

Cuando cierra la puerta escucha risas.

La compañera viene a dejarle el acta, para que la revise, por si no entendió bien algo de lo que hablaron, le da miedo hacer el ridículo. Ella le pregunta por las risas. Prefiere no contestar, no quiere líos, aunque al rato se lo cuenta: cuando salió del despacho con el compañero que también se marchaba, alguien comentó que los hay con suerte. Todos se rieron, ella no. No sabe describir a quien lo dijo. Cuando levantó la cabeza del acta, todos le parecieron iguales. El traje azul, la camisa blanca, la corbata verde, quizás gris, una uniformidad que les permite camuflarse, identificarse unos con otros, reconocer a simple vista al paria, a la paria.

Ella le dice que no se preocupe, solo son unas risas, no tiene la más mínima importancia. Nada la tiene, crímenes menores que no puede permitir que le afecten. Solo necesita levantarse, caminar, beber agua. Va al baño, en el espejo asoma la rabia, abre el grifo, bebe, se refresca la nuca, la cara. Mira su aspecto, busca en el reflejo alguna explicación al comentario, comprueba que el vestido no se transparenta ni se marca. Le parece seguir escuchando las risas, se inventa lo que estarán hablando ahora en torno a la cerveza a la que no ha sido invitada. El oído le pita, siempre ese oído derecho, pum, pum, pum, en su interior vuelve a sonar música punk.

Continúa la jornada, no es para tanto, tiene demasiado por hacer, y qué les diría, ¿que no se rían? Tiene correos que redactar, entre ellos el del envío del acta. En el campo del «para» copia la lista de asistentes. Quién habrá sido, quién ha sacado de nuevo las naranjas de la guantera, quién le ha robado las putas bragas.

El mensaje

El estrés le provoca una infección de oídos, le pasa cada cierto tiempo. Ella nota cuando la bola de pus va creciendo y calcula el momento en que le dolerá más y explotará. También el sentimiento hacia el hombre tumor se le inflama de forma espontánea, pero solo cuando la presión es insoportable ella misma vuelve a establecer el contacto.

Una tarde, con las ganas a punto de reventarle el tímpano, le dice que quiere verlo. No lo hace así, ya no sabe hablar de ese modo en el que pide lo que quiere. Ahora ha aprendido a masticar el chicle rosa durante un buen rato. Mastica con la boca abierta, que asome un poco y le envía una foto de las sandalias que le ató aquel día. No la envía a cualquier hora, espera toda la mañana y toda la tarde, el dedo en el gatillo hasta el momento en que sospecha que puede producirse un intercambio fluido de mensajes. Solo se da una oportunidad, un único disparo. Duda de si se acordará de aquel detalle, pero lo hace. Él contesta y ella comienza a pasar la bola de goma de un lado a otro con la lengua. Se muestra risueña, despreocupada, parece que la conversación fluye, aunque por cada ocurrencia de ella, él contesta con una palabra, dos a lo sumo contando las interjecciones. Intenta meterlo en el túnel, pero repta y se escapa, es resbaladizo. Ya casi ha salido, comienza a despedirse, tiene que irse a la cama. Entonces ella llena los pulmones, blandos y pequeños todavía, infla el globito con todas sus ganas y hace explotar el chicle:

Quiero verte

Quiero verte

La mañana

Quiero verte
Visto

El paseo

Se lo prometió a sí misma, había gastado el único intento que se permitiría en esta ruleta rusa. Lee sus propias notas y mandatos, en ellas se amenaza con cortarse las manos antes que volver a escribirle. Mira la pantalla en blanco, ve su punto verde. Para qué las manos. El insomnio le está jugando una mala pasada, si hubiera dormido bien y pudiera pensar, quizás llegaría a la conclusión de que lo que tuvo es suerte, la bala solo rozó, no llegó a nada, ahora toca guardar el arma. Le pone el seguro, la apaga y la esconde en un cajón.

No puede disparar esa arma, pero no sabe qué hacer con toda la artillería que la mantiene con la cabeza gacha y el lomo arriba en posición de ataque. Así que enciende el ordenador y envía un correo a cada uno de los asistentes a la reunión, les exige una disculpa y espera que esa situación humillante no se repita de nuevo con ella u otra compañera. Todos le responden que lamentan lo ocurrido, todos excepto el muy cabrón que no sabe de qué le habla.

También imprime un mensaje anónimo pidiendo la devolución de sus bragas al lugar donde estaban. Cuando se va el sol, baja al zaguán y buzonea. Intenta asociar los nombres escritos en las cuadrículas con las caras de los vecinos. El culpable podría ser cada persona que se cruza en el bloque. Amplía el radio a los otros bloques con los que comparte azotea. De repente, se siente rodeada por una legión de sospechosos sin rostro que viven y trabajan junto a ella.

Sale a dar un paseo, hace mucho que no pasea, nunca tiene tiempo que perder. Ella va y viene hacia destinos concretos, se mueve en segmentos con principio y final conocidos, todos funcionales: el supermercado, la oficina, la guardería, su antigua casa. Ha oído en la oficina que la empresa le puso un detective privado a una compañera de administración tras una baja muy larga. Si un pobre detective tuviera que seguirla a ella se aburriría, no encontraría ninguna complicación. En cuarenta y ocho horas el observador obtendría una planificación cuadriculada y monótona de sus días, y al tercer día la corroboraría. Anotaría en su libreta, que imagina negra:

* El objeto de vigilancia vive con su madre y un perro. En semanas alternas también convive con su hija pequeña.

* Utiliza dos patrones que se suceden. En ambos se repiten algunas rutinas. Por ejemplo, a primera hora baja con su perro al jardín que hay cercano al domicilio. El perro es un cachorro de raza mestiza que tira de ella y al que todavía no se atreve a soltar del todo. Hay mañanas en las que el objeto baja con pantalones deportivos, con sudadera y sin peinar. En ese caso suele demorarse un poco más y busca alguna rama con la que jugar para que el perro se la devuelva, cosa que casi nunca consigue. Otras mañanas el objeto baja con urgencia y preparada para salir a trabajar fuera de casa, en ese caso el atuendo es negro y formal, aunque se observa que suele infringir la norma de vestimenta de la organización llevando zapatillas deportivas (adjunto fotografía número 1).
* Las semanas que tiene a su hija, la lleva a la guardería después de subir al perro. La niña suele quedarse llorando. Algunos días la investigada también llora una vez que ha vuelto al interior del coche.
* El resto de la mañana la trabajadora desaparece, ya sea en el domicilio o en la oficina. A fecha del informe se evidencian posibles infracciones al ser visto el objeto en horario de jornada laboral comprando en un supermercado o recogiendo paquetería (se adjuntan fotografías número 2

y 3). En una ocasión, puede que, en un intento de darme esquinazo, la investigada entró en una sesión matinal de cine.

* Rara vez la trabajadora sale de casa durante la sobremesa.
* Las tardes que está con su hija la empleada vuelve al parque. El resto de las tardes el comportamiento es más dispar, en las últimas semanas se han podido observar las siguientes variantes: tardes que no sale de casa, tardes que asiste a la biblioteca cercana al domicilio y tardes que acude a la cafetería de la esquina con alguna mujer (se intuye que son amigas por la forma de reconocerse y saludarse).
* También la trabajadora sale alguna noche y acude a citas con hombres (se intuye que son desconocidos por la forma de no reconocerse y presentarse). En esas noches, ocasionalmente, el objeto de vigilancia visita otros domicilios. En cualquier caso, la investigada siempre vuelve a casa para dormir. A su vuelta se han podido captar por las ventanas las quejas de la madre, también alguna palabra y expresión que prefiero no incluir.

A la firma del presente informe, la trabajadora camina hasta encontrar un banco sobre el que dejarse caer. Se busca en los bolsillos, pero no ha traído nada.

Me descubre y se ríe. Me grita imbécil, también ella esperaba más de su vida, mucho más que cuatro notas repetidas, mucho más que este observar constante.

Y volvemos a casa.

Los insectos

La despiertan los ladridos de la perra en plena madrugada. Los sigue y, al encender la luz de la cocina, ve una pequeña sombra que recorre el suelo.

No quiere pensar en lo que ha visto, pero entiende, parada allí mismo, que no dormirá hasta acabar con aquello. Al rato son cuatro hembras paralizadas en la puerta de la cocina por una incertidumbre.

No tiene a quien llamar, no hay otra persona que vaya a venir para acabar con este problema. Esta es la revelación que le está brindando la vida, pero no le ha mandado a un ángel sino a un bicho rastrero.

Antes de dar un paso en falso piensa en la estrategia que debe seguir. Se arma con un insecticida, una zapatilla y una escoba. A la primera ráfaga, el bicho sale del escondite y se protege bajo el cubo de basura. Se prepara mentalmente para retirar el cubo. Tiene que aplastarlo antes de que vuelva a esconderse, tiene que pisarlo, se repite, pero se resiste al crujido.

Levanta el cubo y allí está, quieto, solo mueve las antenas y luego intenta caminar torpemente. La imagen le repugna y la conmueve. Sin embargo, ataca sin piedad con otra ráfaga de insecticida que la deja asfixiada a ella también. Mejor asfixiadas que aplastadas, pobres criaturas.

Cuando el insecto deja de mover las antenas lo recoge y lo tira a la basura.

La niña se abraza a su pierna y la perra vuelve a la cama. Su madre le pide que abra la ventana o de lo contrario morirán todas. Ella mira el cubo cerrado y se siente satisfecha, fuerte, como si nunca más fuera a necesitar a nadie. Así rescata el teléfono del cajón, con el insecticida todavía en la garganta, dispuesta a afrontar el vacío del chat, tan blanco como la tapa del cubo de la basura. Lo enciende y ve que sí ha respondido, y ya sin ningún control sobre ellas, sus antenas se agitan de nuevo.

Media hora

Sería genial verse, eso le ha escrito y acto seguido le recuerda que, como ya debería saber, su situación es complicada, complicada, si alguien los viera. Ella pone una fecha, le dice que en dos tardes debe acudir a una oficina próxima a la suya. Es mentira, pero lo esperará allí. Se arrastra dentro de la trampa, le da igual, se mueve asfixiada, pero si el reptil quiere salir, esta vez tendrá que aplastarlo y escuchar el crujido. Él intentará acudir, cede, lo intentará, le pide que no se enfade si finalmente no puede ir.

No enfadarse, ya no sabe estar de otro modo, pero eso no significa que pueda cambiar nada, recuperar sus bragas o acallar las risas. Tampoco sabe si podrá acabar con lo que sea que tienen ellos dos, porque no tienen nada, o peor, casi nada, una nada fangosa como ese lo intentaré que le resulta imposible limpiar de sus suelas.

En la oficina, su jefe le pide que acuda a su despacho, claro, sí. Le comunica que algunos de los asistentes a la reunión han formulado una queja, por ahora solo verbal. Se sienten ofendidos por la acusación grave, grave, repite, que ha lanzado contra ellos. Él personalmente no escuchó nada en aquella reunión, al menos nada sobre ella, no concretamente sobre ella. Saben por todo lo que está pasando en este momento de su vida. ¿Cómo saben? Piensa en el detective y en su cuaderno negro, ahora le parece posible, se pregunta si habrán accedido a sus chats, si habrán preguntado a los vecinos por ella, si la habrán visto hablar con un muerto.

Han pensado, continúa. ¿Quiénes han pensado el qué?

Le da un papel, puede leerlo tranquilamente. Creen que es lo mejor en este momento. Lo mejor, lo mejor para ambas partes; se precipitaron. Volverá a su antiguo puesto y podrá rebajar el estrés, debe entender que esta decisión no exime que vuelvan a contar con ella en un futuro para otro puesto de responsabilidad, cuando todo se calme.

Ella coge el documento y le da la vuelta, por un segundo espera encontrar una foto suya en zapatillas jugando con su perra. No hay fotos, pero tampoco le hace falta leer más allá de la primera línea para entender su nueva situación, su regreso con el pescuezo retorcido a la casilla anterior. Se queda allí sentada esperando a poder reaccionar de alguna manera, enfadarse o llorar, indignarse o lanzar alguna amenaza, pero solo está cansada. Tan cansada que duda de si podrá levantarse de esa silla. Se tumbaría en la mesa de su jefe y se pondría a dormir. Eso necesita.

Puede tomarse el resto del día libre, así la despacha su jefe.

Pero no puede irse a dormir, tiene una cita esa tarde. Una cita, se ríe, las heroínas románticas tienen citas, ella solo tiene un punto al que ir sin saber si él acudirá.

Por la tarde se agarra al volante ardiendo y conduce al posible encuentro. Rodea la ciudad junto a los otros automóviles en un atasco lento y denso.

De nuevo ha elegido minuciosamente cada detalle de lo que lleva puesto, aunque hoy no había excitación por su parte, no busca gustarle, busca que le duela. Su cabeza es una aplicación primigenia de análisis de datos que toma decisiones en función de lo que cree haber obtenido de ellos. A la vista de los daños, una versión fallida.

Para este estudio ha tenido que reparar en su propio cuerpo, observarlo desde fuera. Se siente más menuda desde la última vez que se vieron, ha adelgazado sin darse cuenta. Tiene la conciencia de que come lo suficiente, está segura de ello, aunque ya no se fía de su criterio, también antes lo estaba de que podía controlar esta situación. Quizás el dolor le aceleró el metabolismo, ¿ha comido hoy?

Llega al polígono de oficinas. La última vez que estuvo allí andaba poseída por otra vida. Desde entonces han crecido nuevas construcciones alrededor, han germinado con cemento, pladur y cristal, puede que con los empleados ya dentro. Despachos con ventanales a los ventanales de otros despachos. Montacargas inteligentes en los que no se puede decidir adónde ir, solo está permitido bajar en la planta en la que se produce. En la esquina, al amparo de una sombra, un coro de fumadores se animan a dejarlo unos a otros.

Observa la puerta del edificio desde el coche, quiere atrapar cierta dulzura en esta espera, pero no la encuentra porque no sabe si él va a venir, y si no lo hace, ella habrá conducido hasta aquí para nada. La circunvalación, el vestido, el chicle rosa, todo en vano, también los días de mudez, el viaje de vuelta en tren, el hotel, incluso la espera en la estación que sí fue dulce. Todos los recuerdos comienzan a derretirse dentro del coche, se funden con la goma correosa del volante a cada minuto que pasa y él no aparece.

También ella comienza a fundirse, podría bajar la ventanilla, salir del coche, pero hay algo en esta ebullición lenta que la calma, un sopor febril, hasta que lo ve salir del edificio y de pronto no entiende por qué ha elegido ese vestido.

Tiene media hora, cuarenta minutos a lo sumo, le anuncia sonriendo. Ella no quiere un café, ni una cerveza, no quiere sentarse en un bar y hablar de su día, de cómo le va, no quiere usar ese lenguaje sobre el que sigue andando de puntillas, el trabajo, la búsqueda de piso, la hija. Quiere hablar de la yema de los dedos, de los colmillos que sobresalen, de para qué esa nuez en su cuello. No quiere hablar de nada. No quiere sentarse, se imagina sentada y se siente imbécil, qué hacer con los brazos, los brazos lacios junto a su cuerpo o encima de la mesa. Prefiere caminar, atravesar algo.

Eso hacen, cruzan calles sin nombre, un paso y otro más. Parece contento, qué bien que haya venido, está guapa, qué bien coincidir, verse. Él la coge de la mano, los dedos entrelazados, a cada tramo se para y la besa. Desde fuera cualquiera pensaría que son dos enamorados. Él tranquilo, cómodo, como si se hubieran visto cada día. Se alegra mucho de verla, mucho. Ella, en cambio, ocultando el hueco que sus silencios le han dejado, la bestia atolondrada queriendo taparlo y agarrándose al momento. Qué quería decirle, no lo recuerda. Sus sentidos atentos al grado que ha bajado la temperatura, a los pájaros que regresan al cobijo, a la nada fangosa, a la mano predadora bajo su vestido atravesando la carne. Las pupilas verticales casi dentro, sus arañas tejiendo de nuevo el hilo hasta él, sin parpadear, dejándola con los ojos secos, el cerebro mudo, el alma de piedra y toda mojada.

Gracias

Esa madrugada tiene otra revelación, esta vez acerca de lo que significa la historia que tiene con ese hombre, pero cuando se levanta no hay nada, no consigue atrapar la idea, no había suficientes palabras que la fijaran.

Él le ha enseñado un idioma nuevo, con un vocabulario limitado, lleno de ambigüedades. Palabras que para ella siempre tuvieron un significado real ahora tienen otro, contextualizado y vacío. Un lenguaje donde cariño y te adoro se pronuncian sin cariño ni adoración. Ha aprendido a leer ese dialecto donde tu boca significa simplemente una boca.

Ella construye un mensaje en los códigos que ha aprendido de él. Lo formula sin verbo, sin acción, solo evoca la belleza de la luz de la última tarde sobre sus ojos.

Gracias.

Él le responde gracias, solo gracias. Y sabe que ese

gracias debe ser la última palabra de su diccionario común. Ha llegado al final del laberinto y hay un gracias.

Llegar al final del laberinto no significa que vaya a salir o que haya una puerta, significa que no hay nada con lo que fabricar más tabiques ni más trampas. Lo único que puede hacer es tumbarse dentro, entre todos los banderines rojos que ha ido ignorando.

Y esperar.

Su madre sube de la panadería, alguien ha dejado unas bragas asomando del buzón. Cada día hay más gentuza en este barrio. Las ha tirado a la basura.

El intercambio

El padre llega a recoger a su hija. Sale del coche de un salto ágil, la joven lo acompaña, se queda dentro. Desde fuera no se escucha, pero ella adivina la música que suena en la radio.

Él aprovecha en cada permuta, quizás ni lo sabe, para tenerle lástima a ella. Él está bien, muy bien, lo repite tanto que lo convierte en verdad. Su relación con el lenguaje es muy sana, le da forma a su realidad, si dice te quiero el mensaje se le clava en el alma y ya quiere, si dice que está bien, el cerebro le sonríe y está bien, si dice que no tiene hambre, no prueba bocado y se siente saciado. Su lenguaje se le anticipa, lo moldea. Por eso nunca supieron hablarse del todo, su lenguaje llegaba antes de tiempo y el de ella siempre después, viven en frecuencias distintas, emisor y receptor en canales desincronizados. Cuando el mensaje de él llegaba, ella no estaba preparada para escucharlo, cuando el suyo salía, él ya había cerrado la vía de comunicación.

Él abre el maletero para guardar la mochila de la niña. Ella ve unas bolsas con la compra del supermercado. Le pide un litro de leche. No sabe por qué lo hace, quiere pedirle algo a cambio de su hija, o cobrarle una multa por traer a la joven. No sabe lo que quiere, pero un litro de leche es mejor que nada. Él le da dos. Uno habría sido miserable, desganado, y tres condescendiente, paternalista. Le parece un trato justo. Ella le entrega a la niña, no hubo secuestro, pero sí intercambio. Recoge los tetrabriks y además recibe un mensaje envuelto en un abrazo: «espero que estés feliz».

Se queda clavada, con un peso en cada mano. *Feliz.* Es oírlo y que la aten a una atracción de feria, la pongan boca abajo, le den vueltas y la dejen del revés y con los pelos arrastrando por el suelo, mirando el orden natural de los demás. Observa cómo el coche, que tantas veces usó, ahora toma el camino de la felicidad, va hacia un hogar que ella misma ha decorado, lo ve alejarse a toda velocidad sobre el asfalto gris con un proyecto de familia feliz dentro.

La felicidad nunca ha sido su camino, no le pertenece, una nace donde nace, tiene la belleza que tiene, el apellido que hereda. Quien pretenda que ella sea feliz le está pidiendo que tenga otros ojos, que mida diez centímetros menos. No aprendió nada sobre ese asunto, no es su idioma, esa no es su casa. Su casa no existe.

Qué le duele. Es un bebé que llora y que incordia a su entorno y le dan teta, y le dan agua y le sacan juguetes. Lo arropan y le cambian el pañal. Le cantan. Y nada. Todos opinan, no entienden por qué grita. Quizás si supiera adónde ir, si se levantara y caminara en alguna dirección, dejaría de llorar.

El bebé solo deja de llorar cuando intenta algo, por muy estúpido que sea, cuando empuja la ficha con forma de estrella dentro del agujero cuadrado, una y otra vez, dándole vueltas, así se entretiene. No es tonta, es la ficha que tiene, es el agujero que hay.

Ella elige metas en las que fracasar le dé igual, la tragedia controlable, maneja el dolor que puede soportar. Encajar el golpe, sentirse fuerte, reírse de sí misma y asumirlo. Experiencias que saborear, lamerse la sangre del labio y creer que puede seguir adelante, que ha superado algo, que está más cerca de eso que la hará parar. Pero pronto se descubre buscando el nuevo muro, la maza con la que darse en el pie o en cualquier parte del cuerpo, la más tierna, un daño que le haga olvidar lo que realmente le duele. Una malformación de nacimiento, imposible de compensar, porque no depende de sí misma, de su tenacidad, de lo que haga, algo que casi todos tienen por cuna, por la fuerza de la sangre, sin esfuerzo, eso que nunca, nunca, jamás tendrá ella.

Después de mucho tiempo vuelve a pensar en su hermano, hubo un intento de familia, de vida y un gran fracaso. Junto a ella, él es el único testigo y heredero legítimo de todo aquello.

La última vez que lo llamó fue en Nochebuena, pensó que, si el día de Nochebuena no hablas con tu hermano, es muy probable que no tengas que volver a hablar con él nunca más y no estaba preparada para esa certeza. Sería siniestro e inquietante. Además, que ella recuerde, no ha ocurrido nada malo entre los dos.

Lo llama y él le cuenta que ha pasado la noche en urgencias. Sufrió una agresión en un local. Nunca le gustaron los bares y jamás se lo habría imaginado en una pelea. Siempre fue un niño temeroso: la cabeza gacha, la piel roja, el moco asomando bajo la tormenta paternal de insultos y reproches. Le pide no le digas nada a mamá.

Ella equilibra la balanza y le cuenta que ya se ha divorciado. Le ha llegado la sentencia firme. También ella le pide a su hermano que no le diga nada a mamá. Su madre se levanta cada día esperanzada con la reconciliación, la retiene en la cueva, para qué buscar otra casa si la situación es temporal.

No crearon lazos afectivos entre ellos, pero aprendieron a relacionarse de otro modo, los chantajes los mantuvieron unidos durante un tiempo. Empezaron una tarde en la que, siendo ella una niña, irrumpió en la cocina sin hacer ruido. Desde la puerta vio asombrada cómo aquella viñeta estática se transformaba en otra cosa cuando su padre le tocó un pecho a su madre. Aquel gesto, tan cotidiano en cualquier otro entorno, deslumbraba como uranio radiactivo entre los azulejos amarillos y las cacerolas de su casa. De niña, cualquier contacto físico que veía entre sus padres le parecía un misterio por resolver. Necesitaba compartirlo con su hermano, por si él alguna vez también había visto algo así.

Su hermano puso los ojos en blanco, ¿le estaba diciendo que papá le había cogido una teta a su madre? Se rieron, se rieron como locos y sus risas sonaron como nunca en esa casa. La risa hizo que se atragantasen y el niño le pidió a su hermana que fuera a por un vaso de agua para él. También su padre le pedía siempre agua a su madre y los hijos veían cómo ella le llevaba la jarra fría mientras se quejaba. La niña contestó que no. Entonces el hermano gritó ¡mamáááá! La miró y la amenazó con contarles a sus padres lo que iba diciendo que había visto en la cocina. Entonces la niña fue a por el vaso de agua, uno, dos, le llevó muchísimos vasos de agua aquel verano, también le retiraba el plato de la mesa, le traía el postre, iba hasta el quiosco a comprarle lo que le pedía. En alguna ocasión incluso le dio su paga y así estuvieron hasta que un día, después de muchos, la madre le preguntó por su cara de pánico. ¿Qué había visto? ¿Acaso se había cruzado con algún vecino que le dijo o le mostró algo? El hermano detrás, una cuarta más alto que ella, valorando la situación hasta que decidió desprenderse de su pequeño poder, puede que el único que experimentara en aquella casa. Ella se quedó esperando las consecuencias, pero su madre simplemente dijo viste mal, y echó dos puñados más de arroz a la olla.

Ahora que están jugando de nuevo, que se han regalado un secreto, una deshonra, ahora que se han dado puñales que lanzarse cuando necesiten hacerse daño, ahora sí, vuelven a ser una familia, ese tipo de familia.

El giro

Hace meses que no ve al hombre tumor. El desquiciamiento va siendo cada vez menor, su cuerpo se acostumbra a la ausencia. Las notas que escribe en el móvil con lo que le diría se van espaciando. Se sorprende a sí misma, veintitrés días desde la última. También deja de pensar en que volverá a verlo, en su lugar, ve a otros, e incluso se descubre escribiendo alguna nota sobre ellos, ya todas van con puntos finales. Deja de pensar en él cuando se toca, solo se masturba con *hentai,* no quiere usar su imaginación, no se fía, tampoco quiere ver a otras personas follando. Solo esos dibujos imposibles para una sobremesa que a veces la atrapa excitada o estresada, ya no distingue, solo reconoce un escozor, una punzada entre los muslos, puede que el duelo por un parto anunciado y que al final no la atravesó entera. Después duerme una siesta, aunque al despertar la cabeza vuelve a las andadas. Esa vez cae eliminada con 856 puntos.

La última vez que se cruzaron fue una tarde en una cafetería del centro por casualidad. Todavía sentía un hilo imperceptible alrededor del cuello, uno que se mantenía con mensajes en semanas alternas y que la condenaba a echar de menos algo que nunca había tenido. Él atendió una llamada. Ella reparó en que solo habían hablado por teléfono una vez y, de repente, su voz le pareció muy aguda.

En aquel encuentro fue cariñoso, la tragedia entre ellos se había disipado. Imaginó que, frente a sus ojos, volvía a ser una autoestopista de pelo suave y mirada cándida. Se alegraba mucho de verla, eso dijo. Aquellas palabras le parecieron tan horribles como si le hubiera dicho que le daba exactamente igual verla, como si le hubiera dicho que no le causaba ningún tipo de emoción verla.

Ahora regresa por la autovía de una reunión y pasa por el cruce que lleva a su casa. No sabe por qué lo hace, pero toma la salida, simplemente pone el intermitente y gira el volante. Canta la canción que suena en la radio y sigue las indicaciones hacia la urbanización. Sabe que no debería hacerlo, aunque no encuentra el porqué, no habrá ninguna consecuencia, es levantarse de la reunión con el hombre azul a una hora inesperada y salir a la terraza a tomar un café, es un gesto rebelde sin la más mínima importancia para nadie excepto para ella. No lo avisa. No sabe si quiere hablar con él. Ni siquiera si le gustaría verlo.

Hay una valla en la entrada de la finca y una garita de seguridad. Le resulta inquietante este barrio convertido en un pequeño país con leyes fronterizas, donde se puede decidir quién entra y quién no.

Siente que esa valla se hizo para ella, que nunca ha tenido tanto sentido como en este momento la existencia de esas varas de hierro y el salario del guarda de seguridad. No viene a robar nada, pero está segura de que el propietario preferiría mil veces un atraco a su presencia inoportuna.

Desde su puesto de seguridad el hombre le pregunta adónde va y ella dice el nombre completo de él, jamás lo había pronunciado en alto, en presencia de otra persona. Lo había mantenido dentro como una superstición o como el dios de un culto secreto que no debe ser nombrado. Ahora, en su voz, le parece un nombre de lo más común.

Le pide al vigilante que le recuerde la dirección exacta. El hombre duda, pero lo hace, su aspecto no debe presentar ningún peligro. Aun así, debe dejar el coche fuera.

Se adentra por un camino empedrado entre setos que delimitan jardines enormes que rodean casas enormes, y no tarda mucho en darse cuenta de que es la única que va a pie. La adelantan dos, tres coches de gama alta. Juraría que la saludan con la mano desde el otro lado de las ventanillas, quizás la confunden con alguna vecina, nunca se sabe. Un poco más adelante se cruza con otras mujeres que también caminan, mujeres jóvenes con uniforme. Empujan carritos, o llevan de la mano a una niña pequeña. Van en procesión hasta unos jardines privados, un parque también vallado donde sacan toallitas y botellas de agua. La miran, quizás se preguntan por qué tarea le pagan a ella, qué hace aquí yendo a pie, pero con sus elegantes pantalones de lana, ¿cuidadora?, ¿profesora particular? O quizás basta con mirarla unos segundos para saber que solo está aquí buscando a un hombre.

Sigue avanzando y deja atrás el parque y la piscina, el club social donde algunos vecinos hablan con sus móviles, sentados delante de un café frío. Mira entre ellos, le parece distinguir una camisa celeste, pero no, no es él, está casi segura.

Al rato, teme haberse perdido, todas las casas parecen iguales, pero entonces ve el número que le dijeron en una puerta y su coche aparcado al final del camino.

Se montó en ese coche y sabe que es el mismo coche, pero le parece otro, el mismo que el del vecino, el mismo que el de todos los vecinos. Él también se convierte en todos los hombres del club social, en todos los compañeros de su exmarido. Cada gesto, cada palabra adquiere un significado nuevo, lo pierde. Lo único y extraordinario entre tanto único y extraordinario se vuelve nada. Una gigantesca nada.

Necesitaba la viñeta, colocar al personaje en su escenario, así lo completa, entre esta galería de trofeos. Ahora sabe que en aquel tren de vuelta no llevaba las fichas del juego en los bolsillos, ni siquiera las acarició en ningún momento, porque ella nunca tuvo nada que perder.

Su hijo se asoma al porche, la ve y la saluda con la mano. Ha crecido y ya tiene el mismo flequillo que su padre. Ella le devuelve el saludo.

Por detrás del niño pasa una sombra que reconoce.

Vuelve al coche, pone el intermitente, gira el volante y canturrea la canción que dejó sin terminar.

Un hogar

Suena el despertador. Llega un ladrido primero y después un ¡mamá! Cada una tira de un trozo de ella, la despedazan con urgencia y cariño. No distingue su propio olor dentro del rebaño, con los ojos cerrados extiende los brazos y los recoge hacia sí con una presa tierna. Lanza besos y bocados, aquí pelo, allí blandura. En este momento son suyas. El cerebro ya se pone a trepar y el primer pensamiento entra adormilado en el laberinto, entonces mira los ojos negros del animal y los ojos difíciles de su hija, y ahí, ciega todavía, palpa las salidas oscuras de su túnel.

Desde el salón, el aspirador hace su labor, la madre lo empuña y lo dirige con autoridad por cada rincón. No le gusta derrochar el dinero, siempre gasta menos de lo que debería, en cambio siente algo particular cuando compra electrodomésticos, puede que satisfacción; herramientas con las que sale de la tienda tras largas explicaciones que pide a la dependienta y que esta le da a bajo costo. Pulsar un botón y que algo se comporte como ella quiere y cuando quiere, la madre también quiere ser jefa, ser la dueña del aspirador, del centro de planchado, de su hija y de la nieta. Esa causa sí le merece la pena pagarla, aunque use el aspirador sobre el sofá destartalado o la plancha con sus trapajos remendados. Así entra en la habitación, al galope de su caballo rodante, retira las cortinas, relincha, vaya horas, abre la ventana, hay que ventilar, aquí huele a perra.

La pequeña ya se ha agarrado a la pata del caballo, la abuela le pide que suelte, ahora no.

Ella se quedó viendo una película y se apuró media botella de vino, ahora se dice que nunca más. Afuera el sol. Va en su busca con sus dos criaturas, si no las tuviera se habría dejado morir en el sofá. Hoy son ellas las que la lanzan al mundo, así le devuelven la vida que les dio, todo en paz a partir de ahora, se dice, jamás habrá lugar para el chantaje.

La niña ya se llena sola su vaso de agua, coge las galletas para merendar, se viste y va al baño, se está convirtiendo en una persona que dice su nombre y que parece poder sobrevivir sin ella. Así han roto en dos a la Madonna, ahora son dos individuos, de la misma manada, pero dos distintos.

Le gusta ver que la perra ya ladra con convicción y que la niña grita cuando se enfada, eso le disipa la angustia, el instinto feroz de protección ha dado lugar a cierta calma y se descubre escuchando un nuevo lenguaje entre la niña y la perra.

Llegan al parque y se revuelcan por el césped, las pequeñas están tan vivas, tan sanas que es imposible no contagiarse, cuando una se ríe y la otra mueve el rabo, ella también lo hace.

Después se queda tumbada, las hormigas caminan sobre sus brazos, atraviesan su cuerpo y la convierten en camino. Observa los pájaros nerviosos que forman nidos sobre su cabeza y los aviones que también la cruzan sin tocarla, aviones que llevan a otros a un nuevo destino o los devuelven a casa, pasajeros por trabajo y pasajeros por amor. La otra noche bailó, pero ahora siente que este amor inocente le pide que permanezca quieta y entonces, al rato y sin que ella las llame, la niña y la perra persiguen a las hormigas, que las guían hasta su cuerpo. Así, a gatas y en santa procesión, las pequeñas se acercan, la escalan y juegan sobre ella, como si no estuviera o, al contrario, como si lo fuera todo, como si fuera un hogar.

Llama al prometido de su amiga y visita el piso que ha dejado libre. Podría haber navegado por portales de alquiler, haber hecho comparativas, pero no sabe lo que busca exactamente, dónde estará bien, a qué lugar pertenece. Esta ciudad se le presenta como una eterna promesa, nunca ha sido capaz de alejarse, intuye que aún le esconde algo tras su belleza, en los pasajes que no atraviesa, que hay una canción para ella que le resuena pero que no ha llegado a escuchar entre el sonido de sus calles. Ahora oye mejor.

El piso está bien, tiene lo que necesita, incluso lo que no. Es un bloque de apartamentos tipo dúplex, tiene garaje, tiene ascensor, un ascensor absurdo que no baja al garaje pero que se detiene en las plantas pares donde no hay puertas. La ventana del salón da a un patio central. Ve cómo la niña y la perra corretean.

Se queda.

Volver a las máquinas

Había olvidado lo que le gustan las máquinas, programar un equipo para que se comunique con otro y le envíe un mensaje, pulsar Intro y que lo haga de forma correcta y puntual. Así ha pasado la noche, programando en la oficina, ha vuelto a las intervenciones nocturnas, al café en vaso de papel, a las charlas con la joven de seguridad.

Cuando la ha visto fumando en la puerta, ha pensado en las cenizas de su padre. Su hermano se hizo custodio de ellas, guardó la urna en el trastero. No sabe si finalmente hizo algo con ellas o aguardan allí en un sótano húmedo entre cajas de embalaje y trastos olvidados. Prefiere no preguntar, no le da demasiada importancia, tampoco a su padre le interesaban los rituales ni los recuerdos. Son una historia abierta, sin arraigo en ningún punto concreto donde acabar, no necesitan de un final que ponga un lazo sereno y tranquilizador a todo.

Ya casi ha amanecido, le gusta la ciudad a esta hora, ir del revés, adelantarse al día. Apenas se cruza con algún coche, aunque lleva uno detrás hace un rato, bien podría ser el del detective, ¿qué más podrían querer de ella? Pero siempre hay algo más. Ahora tendría que anotar en su cuaderno negro que la empleada conduce una moto, que la reclamó en su última visita a la casa blanca. Ya se ha caído dos veces, el garaje tiene un suelo resbaladizo sobre el que no termina de conducir con calma. Lleva postillas en los codos y en las rodillas, igual que su hija y las dos se riñen la una a la otra cuando se las tocan o se las arrancan. Tendría que anotar que poco o nada han cambiado sus rutinas: sigue sacando a su perra a un parque cercano, ya ha conseguido soltarla y que alguna vez le devuelva el palo que le lanza. La niña ya casi no llora al entrar en la guardería, solo se enfada, normalmente acaban enfadadas las dos. Por otro lado, la empleada sigue incumpliendo las normas de vestuario, suele llevar vaqueros y zapatillas de deporte. También anotaría que el último viernes fue a un vivero y compró unas plantas que ha colocado en la terraza.

Comienza a hacer frío por las noches, llama a su madre, no sabe si debe dejar las macetas a la intemperie. Por unos minutos la oye hablar de agua y sol y vida, hasta que de forma inevitable vuelve a la enfermedad y a las medicinas.

Cuando cuelga, recibe un mensaje. Es él. Su cuerpo se pone en alerta, siempre el cuerpo queriendo volver atrás y recuperar otra forma, pero la rata está dormida, muerta, el laberinto desplomado a su alrededor. Él que lo nota, que ya no habla ese lenguaje, que se le olvidó y ahora él intenta aprender el suyo, el que piensa que ella habla ahora, y utiliza la palabra follar y le pide su nueva dirección.

El final

Lleva dos horas leyendo en la cama con un conjunto de encaje y brillo en los labios.

Le dijo una hora aproximada. Ella se ha levantado y se ha duchado. Ha preparado el escenario con cierta nostalgia de los muros blancos, de los pensamientos recurrentes, de la bestia atolondrada capaz de cualquier cosa, con nostalgia de tener ganas. Ahora solo se asoman como un fantasma traslúcido cuando duda de que finalmente vaya a venir. Busca las ganas en las conversaciones pasadas, en las palabras mágicas que provocaron el hechizo. Le sorprende no encontrar nada que la estremezca, él nunca le envió un mensaje desesperado, solo en alguno rozó cierto anhelo por verla, casi siempre como respuesta educada a otro de ella. En cambio, sí encuentra palabras que nunca asoció con él, y lee bonita, lee coño, lee follar.

Deja el móvil cargando a unos metros y retoma la novela que está leyendo. En ella, una mujer intenta encontrar el momento en que acabó su historia de amor. Busca la escena exacta en que dio por terminado el romance. Ella subraya y dobla esquinas. Piensa en sus propios finales,

su padre con medio cuerpo fuera de la barandilla y ella sintiéndose terriblemente sola,

ella esperando en el tanatorio y sintiéndose terriblemente sola,

ella leyendo ese gracias y sintiéndose terriblemente sola.

Mira el teléfono, le ha escrito que llegará más tarde de lo previsto. Cierra el libro, termina de vestirse y baja a la cafetería.

Se encuentra con una amiga, se sienta con ella. Hace tiempo que no se ven. Está bien. Todas están bien. Tiene a su madre en casa. Está estudiando de nuevo, un grado o unas oposiciones. Lo dejó con su novio o está locamente enamorada de una chica. No quiere pensar en relaciones. Está escribiendo. Quiere quedarse embarazada. Tiene a su hijo pequeño con bronquitis. Se va de viaje unos días a Praga. Ahora hace crossfit. ¿Ella? Bien, ella también está bien.

Desde la cafetería lo ve llegar. Baja de su coche. Camiseta y gafas de sol. Llama al portero. Vuelve a tener flequillo, se lo retira compulsivamente. Nunca lo había visto desde tan lejos. Llama de nuevo. Se baja de la acera y mira hacia las ventanas, intenta adivinar cuál es la de ella. Diría que acierta. Vuelve al portero.

Saca su teléfono y escribe. Clink clink en la mesa. Lo ve llevarse el teléfono a la oreja. En la cafetería comienza a sonar una melodía suave, su amiga la avisa, «es tu móvil, te están llamando». Mira la pantalla y ve un nombre, pero no está segura de quién es.

Él se quita las gafas de sol y, a esa distancia, ella juraría que no, que no tiene los ojos amarillos, que son simplemente marrones.

AGRADECIMIENTOS

Gracias a mis Amigas, sin su amor, todo es precipicio.

Gracias a Maria José Barrios y a Alberto Haj-Saleh, por cederme sus ojos y brillantez siempre que se los pido.

Gracias al jurado del Premio Tusquets, por galardonar un manuscrito nacido del desarraigo y darle un hogar.

Gracias a Ivan Serrano, por el cariño y el rigor con los que me ha tratado a mí y a estas páginas.

Y gracias a Valeria, mi hija, por su amor, empatía y paciencia.